二十四番花信风

香在有无間

晚来秋

编者

创于1897

商务印书馆
The Commercial Press

2020年·北京

南朝宗懔《荆楚岁时说》所载的二十四番花信风，始于小寒之梅花，终于谷雨之楝花，历来被奉为春季赏花指南。遗憾的是，其他时节花卉未被囊括于内。本书以二十四番花信风为纲目，选取清人程羽文《花月令》为补充，巧妙融合诗文典故、民俗习惯，循时令科普花卉知识，赏析花卉诗词，探究花卉文化。

目录

立春赏梅花：春风试手先梅蕊

窗外云霭消散，阳光浮动，天气转暖。因工作忙碌，下班后宅于家中，一直未能出去走走。父亲帮忙收拾房间，扔掉了一束干枯的蜡梅花，建议我去公园看看红梅。我才想起来，已经立春了。漫步公园湖畔，美人梅盛放。行人往来拍照，将梅花认作杏花或桃花。梅花与杏花颇为相似，容易混淆。《广群芳谱》："梅，先众木花，花似杏，甚香，杏远不及，老干如杏。"而将梅花错认为桃花，不仅因为二者形貌相似，更因为在人们的印象中，桃花属于春季，梅花属于冬季。实际上，开于隆冬的是蜡梅，即"寒梅""冬梅"。梅花开在春天，即"春梅"。陈亮《梅花》："疏枝横玉瘦，小萼点珠光。一朵忽先变，百花皆后香。"因为开得太早，常常覆盖着微霜薄雪，被认作冬日之花。

与我们的认知相悖的，除了花期，还有梅花生长的地域。《花镜》："梅本出于罗浮、庾岭，喜暖故也。"梅花自古多生长于南方。作为有名的梅花风景名胜地，罗浮与庾岭各有典故。据《倦游录》载，庾岭又名梅岭。英州司寇路过此地，种梅三十株，并题诗于佛祠壁："滇江今日掌刑回，上得梅山不见梅。辍俸买栽三十树，清香留兴雪中开。"张萧《孤山种梅序》："庾岭之春久寂，罗浮之梦不来。"与"庾岭春"对应的是"罗浮梦"。《红楼梦》中邢岫烟也作《咏红梅花得"红"字》："魂飞庾岭春难辨，霞隔罗浮梦未通。"据《龙城录》记载，赵师雄迁罗浮，于松林间酒肆傍舍遇美人淡妆素服出迎，一绿衣童子笑歌戏舞。师雄醉寐，醒来只见大梅花树上有翠羽，惆怅而已。罗浮梦与南柯梦相似，有浮生若梦、好梦易醒劝世之意。

梅最初为人所知，是因为果实可食用。梅子可用来调制汤羹，亦可制作果脯。《诗经·国风·摽有梅》用梅子成熟抒发女子恨嫁之情："摽有梅，其实七兮！求我庶士，迨其吉兮！摽有梅，其实三兮！求我庶士，迨其今兮！摽有梅，顷筐塈之！求我庶士，迨其谓之！"时光如梭，树上的梅子纷纷成熟落地，姑娘我也急于觅得夫婿啊。《诗经·小雅·四月》首先提到了梅花之美："山有嘉卉，侯栗侯梅。"

汉初始有观赏梅。扬雄《蜀都赋》有"被以樱梅，树以木兰"之句。《西京杂记》记载，武帝修建上林苑，梅花已有多个品种。"汉上林苑有侯梅、紫花梅、同心梅、紫蒂梅、丽友梅。"自从作用从食用逐渐转为观赏，人们对梅花的兴趣愈加浓厚。

魏晋南北朝时期，吟咏梅花的诗文不多，但留下了两个极为风雅的典故。其一，是寿阳公主的"梅花妆"。《太平御览》："宋武帝女寿阳公主，人日卧于含章殿檐下，梅花落公主额上，成五出花，拂之不去。皇后留之，看得几时，经三日，洗之乃落。宫女奇其异，竞效之，今梅花妆是也。"历史上关于寿阳公主的记载寥寥，但"梅花妆"太过美好，寿阳公主因此被尊为正月花神。额妆又名寿阳妆，是古代女子装饰的重要部分。李商隐写道："寿阳公主嫁时妆，八字宫眉捧额黄。"其二，是陆凯"折梅寄远"。《荆州记》："陆凯与范晔交善，自江南寄梅花一枝，诣长安与晔，兼赠诗。"陆凯率兵南征，度梅岭时想起远方好友范晔，正好遇见北去的驿使，于是折梅赋诗赠友人。《赠范晔诗》："折花逢驿使，寄与陇头人。江南无所有，聊赠一枝春。"折梅寄远的习俗可追溯至先秦时期。越国使送一枝梅给梁王，梁臣韩子并不知道越人对梅花的珍视，认为这是轻视梁国，引起了误会。越使赶紧解释，赠梅是本国很高的礼节。陆凯寄梅之举，虽晚于越使，但真挚感人，影响深远。

隋唐时期，梅花种植渐广、诗文渐增，大多通过咏叹梅花的花色与香气，凸显早开的时令美。张谓《早梅》："一树寒梅白玉条，迥临村路傍溪桥。不知近水花先发，疑是经冬雪未销。"齐己《早梅》："万木冻欲折，孤根暖独回。前村深雪里，昨夜一枝开。风递幽香出，禽窥素艳来。明年如应律，先发望春台。"柳宗元《早梅》："早梅发高树，迥映楚天碧。朔吹飘夜香，繁霜滋晓白。欲为万里赠，杳杳山水隔。寒英坐销落，何用慰远客。"黄檗禅师《上堂开示颂》别具一格："尘劳迥脱事非常，紧把绳头系一场。不是一番寒彻骨，争得梅花扑鼻香。"全诗浅显易懂，后两句脍炙人口、广为传颂。

还有一个难以忽略的人物，便是梅妃。据《梅妃传》记载，

清，沈振麟，十二月花神，册，红梅绿竹

梅妃姓江名采萍，性喜梅。梅妃文才兼备，善惊鸿舞，为玄宗宠幸。后因杨玉环妒忌失宠，作《楼东赋》。据鲁迅分析，《梅妃传》是南北宋人伪作，梅妃是虚构的传奇人物。唐人甚爱牡丹，杨玉环被誉为盛世牡丹。牡丹象征着雍容华贵，梅花象征着清冷典雅，是文化的两极。即便在盛唐的历史上，也要虚构出清冷的梅妃，可见宋人对梅花感情至深。

宋代，梅花的种植与文化进入繁盛期。御制《艮岳记》略曰："植梅以万数，绿萼承趺，芬芳馥郁。"民间的爱梅人士，也动辄种植数百株。范成大《梅谱》："余于石湖玉雪坡，既有梅数百本，比年又于舍南买王氏僦舍七十楹。尽拆除之，治为范村。以其地三分之一与梅。吴下栽梅特盛，其品不一，今始尽得之。"与此同时，对梅花的欣赏水平逐渐提升。关键人物，是"梅妻鹤子"的林逋。

关于林逋，张岱在《西湖梦寻》记叙道：

水黑曰卢，不流曰奴；山不连陵曰孤。梅花屿介于两湖之间，四面岩峦，一无所丽，故曰孤也。是地水望澄明，皦焉冲照，亭观绣峙，两湖反景，若三山之倒水下。山麓多梅，为林和靖放鹤之地。林逋隐居孤山，宋真宗征之不就，赐号和靖处士。常畜双鹤，纵之樊中。逋每泛小艇，游湖中诸寺，有客来，童子开樊放鹤，纵入云霄，盘旋良久，逋必棹艇遄归，盖以鹤起为客至之验也。

林逋拒绝做官、无妻无子，终日与梅鹤相伴，将超凡脱俗做到了极致。这样的生活，世人可艳羡，却难以模仿。袁宏道在《孤山小记》中将林逋称作"世间第一种便宜人"："孤山处士，妻梅子鹤，是世间第一种便宜人。我辈只为有了妻子，便惹许多闲事，撇之不得，傍之可厌，如衣败絮，行荆棘中，步步牵挂。"

林逋的隐士生活令世人可望而不可即。让他的才华名扬天下的，是咏梅千古名句"疏影横斜水清浅，暗香浮动月黄昏"。这两句诗并非林逋原创，而是典出南唐江为残句"竹影横斜水清浅，桂香浮动月黄昏"。这两句诗对仗工整，却不大妥当。竹之气度在于挺拔，桂花香气在阳光下更为馥郁。林逋改动一二，点石成金，梅花意境全出。朦胧的月色下，梅香幽寒，随风浮动，难觅踪迹，可谓暗香："著意寻春不肯香，香在无寻处。"梅枝细瘦苍劲，斜欹曲折，极具质感，令一众诗人赞叹不已。欧阳修："前世咏梅者多矣，未有此句也。"王士朋："暗香和月入佳句，压尽千古无诗才。"后人咏梅诗中，屡见"疏影""暗香"，姜夔更以《暗香》《疏影》为题作词。将"疏影"与"暗香"当做咏梅专用词，也有人质疑。王居卿曾说过，"疏影横斜水清浅，暗香浮动月黄昏"也可咏杏与桃李。苏东坡直言："恐杏李花不敢承当。"

自林逋以"疏影横斜"咏梅，人们逐渐从喜爱梅花到欣赏梅枝转变。天下奇花异卉何其多。梅花虽美，也难以脱颖而出。但梅枝俯仰之形，曲斜之姿，却甚为罕见。范成大《梅谱》："梅以韵胜，以格高，故以横斜疏瘦与老枝怪奇者为贵。"梅枝虬曲苍劲，错落有致，浩然之气宛若松柏。而古梅苔藓封枝、疏花点缀，韵味更胜。古人总结赏梅四贵："贵稀不贵密，贵老不贵嫩，贵曲不贵直，贵含不贵开。"

形态之美成就了梅花风骨，实现了从自然之美到品格之美的升华。范成大《梅谱》："梅，天下之尤物，无问智贤愚不肖，莫敢有异议。"梅花成为坚贞凛然、孤傲高洁、超脱洒落的象征。文人雅士咏梅者甚众，佳作频出。王安石《梅花》："墙角数枝梅，凌寒独自开。遥知不是雪，为有暗香来。"陆游《梅花》："闻道梅花坼晓风，雪堆遍满四山中。何方可化身千亿，一树梅花一放翁。"王冕隐居于九里山，结茅庐三间，自题为"梅花屋"。屋旁植梅千树。耕田养鱼之余，不忘画梅作诗，写出了《墨梅》："我家洗砚池头树，个个花开淡墨痕。不要人夸好颜色，只留清气满乾坤。"

梅花贵在风骨，而赏梅是风雅之事。赏梅之余，可折梅、簪梅、寄梅。王安石《梅花》："驿使何时发，凭君寄一枝。"朱熹《清江道中见梅》："他年千里梦，谁与寄相思。"寄梅典出陆凯"折梅寄远"。宋代重文轻武，文人的情趣与魏晋时代颇为相类。黄庭坚称"寄梅"之举为"江左风流"。

宋人赏梅讲究情境。张功甫《梅品》写赏梅有二十六宜："澹阴；晓日；薄寒；细雨；轻烟；佳月；夕阳；微雪；晚霞；珍禽；孤鹤；清溪；小桥；竹边；松下；明窗；疏篱；苍崖；绿苔；铜瓶；纸张；林间吹笛；膝上横琴；石枰下棋；扫雪煎茶；美人淡妆簪戴。"梅花是化俗为雅的神物。雪中梅花，是其中最经典的意象。在倒春寒时，花瓣上覆盖着薄薄的白雪，煞是动人。雪中梅花的景致，被诗人反复吟咏。最美的，当属雪中红梅。

"犹余雪霜态，未肯十分红。""偶作小红桃杏色，尚余孤瘦雪霜姿。""清香一点入灵台。傲雪家风犹在。"诗人们欣赏她，多是因为她傲雪斗霜、迎风斗寒的精神。

然而曹雪芹的视角不一样。"白梅懒赋赋红梅，逗艳先迎醉眼开。""疏是枝条艳是花，春妆儿女竞奢华。""桃未芳菲杏未红，冲寒先喜笑东风。"他的诗里面，红梅可慵懒妩媚，亦可活泼潇洒，并没有强调其坚韧的品格。

《红楼梦》里，最美的场景之一，是"琉璃世界白雪红梅"。"四面粉妆银砌，忽见宝琴披着凫靥裘站在山坡上遥等。身后一个丫鬟抱着一瓶红梅。"女演员身着红裙手执红梅，迎着雪花一展舞姿，美得不可方物。红梅将花期选择在冬天，也许并非为了傲雪斗霜。而是因为白雪的存在，可以成就红梅，让她呈现出最为纯粹的美。红梅与白雪是相互扶携和成就的。他们相爱相杀的传闻，也许只是人们的一个误会吧。

张枣的成名作《镜中》，诗以梅开头："只要想起一生中后悔的事，梅花便落了下来。"也以梅结束："只要想起一生中后悔的事，梅花便落满了南山。"诗中的梅花未加任何形容与修饰，却惊艳世人。可见，梅所代表的东方典雅之美已经融入了国人的骨髓。

楼下超市的后墙边，有一树白梅。她的树枝是漆黑的，花朵是雪白的。暮色里回家，经过她身边，眼前会忽然明亮起来，恍然间，满树的花朵都变成了一盏盏明亮的小灯。

有一次，我回来时夜色更深一些，阿黄站在她身边，仿佛落了满身的雪。我想到了那首关于下雪天的打油诗，不禁哑然失笑："天地一笼统，井上黑窟窿；黄狗身上白，白狗身上肿。"见我走近，阿黄识趣地离开。细看之下，这是一树美丽的白梅，只可惜生错了地方。她的旁边是超市的窗户，透过窗户，人声鼎沸。

　　真正孤寒、清幽的白梅，应该去哪里寻找呢？可以去岭上寻。初春的山岭上，若隐若现的星光下，漫山遍野的白梅一夕之间绽放，远远望去，如烟似雾，如幔如织。若想走近她们，须得穿厚些。虽没有风，那冷香袭人，也会带来透骨的寒。"人间春似海，寂寞爱山家。孤屿淡相倚，高枝寒更花。本来无色相，何处着横斜？不识东风意，寻春路转差。"敬安禅师的白梅诗独擅千古，因为禅院里生长的白梅愈发淡然超脱，不知不觉中拥有了佛性。

　　想入非非之际，香气扑鼻而来。我闭上眼睛闻着香味，想象眼前的白梅在岭上，在寺里，在湖边。啊，白梅的香味怎会如此诱人？睁开眼，却见超市的窗户里热气腾腾，新鲜的包子出炉啦。

雨水赏杏花：沾衣欲湿杏花雨

　　入春不久，雨季来临。绵绵春雨，少有停歇，地上永远是湿漉漉的。每次临出门，都要到阳台上观察一番，决定是否带伞出去。"杏花春雨江南"，说的就是这个时节了。入春以来，重庆各旅行社频频组织近郊赏花游，去酉阳看桃花、去印盒看李花、去金凤看梨花……万紫千红的广告图片上，难见杏花踪影。原来，我们这里没有杏花。

　　杏花多生长在北方，梅花多生长在南方，这一南一北，与我们的传统印象是相悖的。古来即有"北杏南梅"之说，徐有贞《次韵酬孙孟吉见寄之作》："北土春来气未和，梅花开少杏花多。"梅不耐寒冷，主要生长在温润的南方。杏耐寒冷、干旱，不耐高温、涝渍，适宜种植于秦岭淮河以北，也可生长在南方部分地区。自宋以降，南方成为经济文化中心，杏花随之成为代表江南的经典风物。

　　杏屡次出现在先秦典籍中，是古代重要的水果。《礼记·夏小正》明确提到，杏正月开花，四月结果："正月，梅、杏、杝桃则华。四月，囿有见杏。"杏别名为甜梅，与梅亲缘关系很近，缘分极深。《广群芳谱》："梅，先众木花，花似杏，甚香，杏远不及，老干如杏，嫩条绿色，叶似杏有长尖，树最耐久，性洁喜晒，浇以塘水则茂，忌肥水。"梅与杏花、叶、枝皆相似，区别首先在于香气。梅花甚香，而杏花香味极微弱。结出的果实不再相似，可一旦做成蜜饯，区别又不那么明显了。市面上名为"梅子"的蜜饯，很多是由杏子制作而成。杏与梅在观赏和食用领域颇为相似，其代表的文化含义却大相径庭。梅花凌霜斗雪，坚韧不屈。提起杏花，人们立即会想起"一枝红杏出墙来"，进而联想到艳丽女子的轻浮举止。最初，杏花的文化意蕴高雅神圣，备受尊崇。由雅至俗的变化，值得玩味。

早在春秋时期，孔子曾于杏坛授经讲学。《庄子·渔父》："孔子游于缁帷之林，休坐乎杏坛之上。弟子读书，孔子弦歌鼓琴。奏曲未半，有渔父者，下船而来，须眉交白，被发揄袂，行原以上，距陆而止，左手据膝，右手持颐以听。"如今的"杏坛"，设在山东省曲阜孔庙的大成殿前，是孔子第四十五代孙孔道辅监修的。他将正殿后移，除地为坛，环植以杏，名曰"杏坛"。在此之前，对于"杏坛"的记载寥寥。明末顾炎武认为："《庄子》书凡述孔子，皆是寓言，渔父不必有其人，杏坛不必有其地。即有之，亦在水上苇间、依陂旁渚之地，不在鲁国之中也明矣。今之杏坛，乃宋乾兴间四十五代孙道辅增修祖庙，移大殿于后，因以讲堂旧基甃石为坛，环植以杏，取杏坛之名名之耳。"《庄子·渔父》所写的杏坛可能只是作者的想象，但场景十分动人。试想一下，春和景明，天清气朗。孔子落座高台之上，弦歌鼓琴，衣袂飘飘，风度翩翩。清风徐来，杏花纷飞。落花拂于衣襟，坠于琴弦。高台之下，弟子云集，默然而立，观其景聆其音，心驰而神往。

杏坛是教学之地，而杏花则是科举高中之花。清代彭元瑞自题联："何物动人，二月杏花八月桂；有谁催我，三更灯火五更鸡。"二月和八月是旧时科举考试的时间。杏花盛开于二月，桂花盛开于八月，都是寓意金榜题名的吉祥花。林则徐在广东禁烟时，曾给长子汝舟写信："吾儿虽早年成功，折桂探杏，然正皇恩浩荡，邀幸以得之，非才学应如是也。"杏花因开于春日，被誉为"春风及第花"。郑谷《曲江红杏》："遮莫江头柳色遮，日浓莺睡一枝斜，女郎折得殷勤看，道是春风及第花。"在唐代，新科进士放榜后，登进士第者齐聚曲江之畔赴杏园探花宴，再去雁塔题名。《摭言》："唐进士杏花园初会谓之探花宴，择少俊二人为探花使，遍游名园，若他人先折得花，二人皆受罚。"多年以后，无论身处何方，人们再见杏花，总会想起杏园宴的喜庆与荣耀。吴师道《城外见杏花》："曲江二十年前会，回首芳菲似梦中，老去京华度寒食，闲来野水看东风。"罗隐《清明日曲江怀友》："鸥鸟似能齐物理，杏花疑犹伴人愁。"

杏不仅象征传道授业，还与治病救人有关。《神仙传》记载："……为人治病不取钱使人重病愈者，使栽杏五株，轻者一株，如此十年，计得十万余株，郁然成林……"东汉末年，华佗、董奉、张仲景并称为"建安三神医"。董奉隐居庐山，修道行医。他为人治病不收取钱财，只要求病人痊愈后种植几株杏树。多年后，杏树成林。董奉以杏易谷，赈济贫民。传说，董奉长生不老，在杏林得道成仙。张景《题董真人》："桃花谩说武陵源，误教刘郎不得仙。争似莲花峰下客，栽成红杏上青天。"后人常用"杏林圣手""杏林春暖"称赞医术高明。

无论教书育人，还是治病救人，都是受人尊崇的高尚之举。而游春赏杏，则是最具春天气息的风雅之事。韦庄《思帝乡·春日游》："春日游，杏花吹满头。"短短八个字，立即置身于大好春光之中，何等美妙欢畅。于杏花下设宴饮酒，吹笛聆箫，醉舞其下，又何等潇洒。

陈与义《临江仙》："忆昔午桥桥上饮，坐中多是豪英。长沟流月去无声。杏花疏影里，吹笛到天明。二十余年如一梦，此身虽在堪惊。闲登小阁看新晴。古今多少事，渔唱起三更。"

《东坡杂记》："仆在徐州，王子立、子敏皆馆于官舍，而蜀人张师厚来过，二王方年少，吹洞箫，饮酒杏花下。明年，余谪黄州，对月独饮，尝有诗云：去年花落在徐州，对月酣歌美清夜，今日黄州见花发，小院闭门风露下。盖忆与二王饮时也。"

王衡《游香山记》："卧佛寺，面面皆杏花，而一绯杏据西园上者，大可盈抱且殊丽。宿于灵光寺，信步得一杏园，可百余树，屏以翠柏而山临之。忆吾乡绝少杏花，仅朱氏园有三十树，较此直春荠尔，而余每花期必提红酒一罂，与二三子婆娑醉舞其下，岂谓天壤间自有杏花谷哉。"

杏花下是宴饮之地，杏花村则是酿酒之所。"借问酒家何处有？牧童遥指杏花村。"繁花似锦，酒旗飘飘，孤独的

清，邹一桂，杏花双燕，轴

旅人一扫愁绪。杜牧笔下的"杏花村"深入人心。全国名为"杏花村"的村落已达数百个，分布于山西、南京、湖北、甘肃、云南等地。有人认为，诗中牧童遥指的杏花村，应该在盛产甘泉佳酿的山西汾阳。也有人考证杜牧的行踪，认为他所写的杏花村在安徽贵池或江苏丰县。其实，此诗未见于杜牧集，是否为杜牧所作尚无定论。杏花村与桃花源一样，也许实有所指，也许只是一个传说。

杏树高大，杏花繁茂，是吸引诗人们花下饮宴乐舞的重要原因。《广群芳谱》："杏，树大，花多，根最浅，以大石压根则花盛。叶似梅差大，色微红，圆而有尖。花二月开，未开色纯红，开时色白微。"花开有早迟，红白相间是常见的景致。韩愈《杏花》："居邻北郭古寺空，杏花两株能白红，曲江满园不可到，看此宁避雨与风。"温宪《杏花》："团雪上晴梢，红明映碧寥，店香风起夜，村白雨休朝。"杨基《杏花》："当时庭馆醉春风，客里相逢意转浓，只恐胭脂吹渐白，最怜春水照能红。"大部分时间，杏花的颜色并非纯粹的红白色。杨万里《杏花》："道白非真白，言红不若红，请君红白外，别眼看天工。"杨万里《郡圃杏花二首》："小树嫣然一两枝，晴薰雨醉总相宜，才怜欲白仍红处，政是微开半吐时。"杏花盛开之时，轻红淡粉，繁丽绚烂，如烟似霞，亮眼夺目，难以看得真切，极具朦胧之美。杨万里《杏花》："白白红红一树春，晴光炫眼看难真。"范成大《云露堂前杏花》："蜡红枝上粉红云，日丽烟浓看不真，浩荡光风无畔岸，如何锁得杏园春。"毛麾《和思达兄杏花》："碎剪明霞役化工，晓园香散暖烟中，羞逢柳眼三眠白，分得桃腮一笑红。"

诸多描写杏花的诗句中，"红杏枝头春意闹"畅达凝练，独具一格，宋祁因此被称为"红杏尚书"。"闹"字点睛，可知红杏繁茂，也可推知万物勃发，春临大地。王国维在《人间词话》中大为赞赏："著一'闹'字而境界全出。"这样的评价并非人人认可。李渔批评道："闹字极俗，且听不入耳，非但不可加于此句，并不当见之于诗词。"与其说李渔不喜欢"闹"字，倒不如说他对杏花存有偏见。

李渔《闲情偶寄》：

种杏不实者，以处子常系之裙系树上，便结累累。予初不信，而试之果然。是树性喜淫者，莫过于杏，予尝名为"风流树"。噫，树木何取于人，人何亲于树木，而契爱若此，动乎情也？情能动物，况于人乎！必宜于处子之裙者，以情贵乎专；已字人者，情有所分而不聚也。予谓此法既验于杏，亦可推而广之。凡树木之不实者，皆当系以美女之裳；即男子之不能诞育者，亦当衣以佳人之裤。盖世间慕女色而爱处子，可以情感而使之动者，岂止一杏而已哉！

系处子裙令杏结实的说法，庞元英《文昌杂录》也有记载：

扬州所居堂前有杏一窠，极大，花多而不实。适有一媒姥见如此，笑语家人曰："来春与嫁了此杏。"冬深，忽携酒一樽来云："是婚家撞门酒。"索处子裙一腰系杏上。已而奠酒辞祝再三。家人莫不笑之。至来春，此杏结子无数。

除了"嫁杏"揶揄之说，还有人直言杏花风流轻薄，与妓相类。薛能《杏花》："活色生香第一流，手中移得近青楼。谁知艳性终相负，乱向春风笑不休。"《扬州府志》："太平园中有杏数十株，每开，太守张宴，一株命一伎倚其傍，立馆曰'争春'。"现今流传最广的说法，则是"红杏出墙"。

"红杏出墙"最早源自吴融的杏花诗。吴融《途中见杏花》："一枝红杏出墙头，墙外行人正独愁，长得看来犹有恨。可堪逢处更难留。林空色暝莺先到，春浅香寒蝶未游，更忆帝乡千万树，淡烟笼日暗神州。"因途中见到一枝杏花，勾起诗人的离情别绪，回忆起帝乡的千万树杏花。在此之后，诗人笔下屡现红杏出墙之景。陆游《马上作》："平桥小陌雨初收，淡日穿云翠霭浮。杨柳不遮春色断，一枝红杏出墙头。"刘豫《杏》："竹坞人家濒小溪，数枝红杏出疏篱。门前山色带烟重，幽鸟一声春日迟。"流传最广的，是叶绍翁《游园不值》："应怜屐齿印苍苔，小扣柴扉久不开。春色满园关不住，一枝红杏出墙来。"虽没能叩门而入，但春色满溢，盛开的红杏已经伸出墙外了，让诗人的心情由遗憾迅速转为惊喜。有人对这句诗进行过度解读，用以形容妇人出轨，大概诗人也不曾想到吧。其实，诗人们注意到红杏出墙，而非桃李出墙的原因，主要在于杏树高枝长，色艳花繁。温庭筠《杏花》最繁："红花初绽雪花繁，重叠高低满小园。正见盛时犹怅望，岂堪开处已缤翻。"范梈《二杏》最苗壮："北邻杏一株，身作龙盘拿。直上青天中，虚空高结花。南邻杏更好，枝干相交加。三月二月时，匝地堆红霞。"而《西厢记》中张生跳墙，攀枝可逾的，也是高大的杏树。"杏"与"墙"共存的感人之作，当属苏轼《蝶恋花》："花褪残红青杏小。燕子飞时，绿水人家绕。枝上柳绵吹又少，天涯何处无芳草！墙里秋千墙外道。墙外行人，墙里佳人笑。笑渐不闻声渐悄，多情却被无情恼。"据说，朝云唱到"天涯何处无芳草"时，"歌喉将啭，泪满衣襟"。朝云死后，苏轼终身不复听此词。

　　晴日杏花惊艳，雨天的杏花更让人难以忘怀。杏花的花期短暂。在北方，杏花在清明前后绽放。在南方，杏花多开在雨水之后。"江城五更雨，催得杏花开。""卷帘芳草短，看雨杏花肥。"江南春雨催发了杏花，滋润着杏花。雨水淅淅沥沥，消解了杏花的娇媚秾丽，平添了几分清愁。杏花盛开在雨中，也隐藏在伤春的心绪里。杏花偕同春雨，诞生出许多佳作。"杏花时节多风雨，那得春光与扇同。""杏林微雨霁，灼灼满瑶华。""杏花淡淡柳丝丝，画舸春江听雨时。"善感的诗人，只要听见春雨，就会自然而然想起杏花。"小楼一夜听春雨，深巷明朝卖杏花。""客子光阴诗卷里，杏花消息雨声中。"最为闲适惬意的，当属志南《绝句》："古木阴中系短篷，杖藜扶我过桥东。沾衣欲湿杏花雨，吹面不寒杨柳风。"细雨温润，衣裳将湿未湿。清风和煦，没有丝毫寒意。老僧下船过桥，扶杖而行。去往何处并不重要，沐浴这一场细雨微风，就已经享受了最宜人的好时光。最为耳熟能详的，是虞集的名句"杏花春雨江南"。虞集寄赠给柯九思《风入松》："画堂红袖倚清酤，华发不胜簪。几回晚直金銮殿，东风软、花里停骖。书诏许传宫烛，轻罗初试朝衫。御沟冰泮水挼蓝，飞燕语呢喃。重重帘幕寒犹在，凭谁寄、银字泥缄。报道先生归也，杏花春雨江南。"柯九思书

《风入松》于罗帕作轴，因词翰兼美，一时争相传刻，此曲遂遍满海内。虞集还有一首《腊日偶题》："旧时燕子尾毵毵，重觅新巢冷未堪。为报道人归去也，杏花春雨在江南。"诗人反复描述的"杏花春雨江南"，不仅是具体的自然风物。它是故乡的经典意象和美好记忆，也是对江南的逍遥富庶由衷的礼赞。

惊蛰赏桃花：人面桃花相映红

  "万物出乎震，震为雷，故曰惊蛰，蛰虫惊而出走矣。"春雷惊醒的，除了蛰虫，还有桃花。惊蛰之日桃始华，春华之盛莫如桃。描写桃花的诗句，最早见于《诗经·桃夭》："桃之夭夭，灼灼其华。""夭夭"意为繁茂。仲春之际，桃花的花和叶同时生长，蓄满枝头，称得上花繁叶茂。"灼灼"是明亮的意思。在池塘、树林、农田构成的青碧山水中，桃花红得耀眼，格外醒目。姚际恒认为，此诗"开千古词赋咏美人之祖"。

  《桃夭》里的美人是充满青春活力的新嫁娘。"之子于归，宜其室家。"姑娘美丽勤劳，嫁过去定能家族兴旺。同样纯真自然的是崔护邂逅的那位姑娘。诗人漫步郊野，在桃林茅舍间偶遇美人。第二年春天再去此处，桃花依旧盛开，美人却已不在。诗人怅惘之际，写下《题都城南庄》："去年今日此门中，人面桃花相映红。人面不知何处去，桃花依旧笑春风。"

孟棨《本事诗》：

博陵崔护，资质甚美，而孤洁寡合，举进士第。清明日，独游都城南，得居人庄。一亩之宫，花木丛萃，寂若无人。扣门久之，有女子自门隙窥之，问曰："谁耶？"护以姓字对，曰："寻春独行，酒渴求饮。"女入，以杯水至。开门，设床命坐。独倚小桃斜柯伫立，而意属殊厚，妖姿媚态，绰有余妍。崔以言挑之，不对，彼此目注者久之。崔辞去，送至门，如不胜情而入。崔亦睠盼而归，尔后绝不复至。及来岁清明日，忽思之，情不可抑，径往寻之。门院如故，而已扃锁之。崔因题诗于左扉曰："去年今日此门中，人面桃花相映红。人面不知何处去，桃花依旧笑春风。"后数日，偶至都城南，复往寻之。闻其中有哭声，扣门问之。有老父出曰："君非崔护耶？"曰："是也。"又哭曰："君杀吾女！"崔惊怛，莫知所答。父曰："吾女笄年知书，未适人。自去年已来，常恍惚若有所失。比日与之出，及归，见在左扉有字。读之，入门而病，遂绝食数日而死。吾老矣，惟此一女，所以不嫁者，将求君子，以托吾身。今不幸而殒，得非君杀之耶？"又持崔大哭。崔亦感恸，请入哭之，尚俨然在床。崔举其首枕其股，哭而祝曰："某在斯！"须臾开目。半日复活，老父大喜，遂以女归之。

据孟棨所记，崔护题诗后，女子绝食而殒。他再次寻访，女子复活。两人终成眷属，才子佳人有了美好的结局。自此，"人面桃花"也成了形容美人容貌的经典意象。这位生长在郊野的姑娘，想必未施粉黛，她面颊的容色堪比桃花，是少女劳作之后健康的红晕。她与《桃夭》中的新嫁娘一样，是勤劳质朴、青春健康的少女。

以桃花喻美人的诗文颇多。美人面颊白皙，常有红晕隐现。桃花花色娇媚，宛若白里透红的美人脸，因而有桃靥、桃腮之说。周密《露华》："次第燕归将近，爱柳眉、桃靥烟浓。"王观《高阳台》："红入桃腮，青回柳眼，韶华已破三分。"狭长朦胧、略带粉晕的眼睛被称作桃花眼。桃花眼水润迷离，常有似醉非醉、似笑非笑之感，令人心神荡漾。

但除却《桃夭》与《题都城南庄》，与桃花有关的美人大多红颜薄命，只留下令人扼腕叹息的悲情故事。

春秋时期有位倾国倾城的息夫人，亦称桃花夫人。息夫人是春秋时期陈国国主的女儿，嫁给息国国主为妻。息夫人归宁之时被姐夫蔡侯调戏。息侯寻求楚国帮助。楚王俘获了蔡侯，息夫人也落入了楚王之手。楚王爱其美貌，为她建紫金山、凿桃花洞。息夫人郁郁寡欢，虽然为楚王生下了孩子，却三年不说一句话。后人感念息夫人的美丽与坚贞，尊其为桃花花神。王维曾作《息夫人》："莫以今时宠，能忘旧日恩。看花满眼泪，不共楚王言。"

王维作《息夫人》，是为了一位卖饼美人。《本事诗》记载："宁王宪贵盛，宠妓数十人，皆绝艺上色。宅左有卖饼者妻，纤白明媚，王一见属目，厚遗其夫取之，宠惜逾等。环岁，因问之：'汝复忆饼师否？'默然不对。王召饼师使见之。其妻注视，双泪垂颊，若不胜情。时王座客十余人，皆当时文士，无不凄异。王命赋诗，王右丞维诗先成。"王维《息夫人》简短却真挚感人，卖饼夫妻也得以团圆。"王乃归饼师，以终其志。"

晏几道《鹧鸪天》提到桃花扇："彩袖殷勤捧玉钟。当年拼却醉颜红。舞低杨柳楼心月，歌尽桃花扇影风。从别后，忆相逢。几回魂梦与君同。今宵剩把银釭照，犹恐相逢是梦中。"有歌有舞，有酒有梦，正是令人留恋的温柔乡。秦淮名妓李香君的桃花扇却与众不同。那把扇子本是李香君与侯方域定情之物。李香君性情刚烈，被人强娶之时，以头触柱，鲜血溅上了侯方域送她的绢扇。她用墨汁勾勒扇上血迹，变作桃花朵朵，遂成《桃花扇》。李香君托人将扇子带给抗清前线的侯方域，哪知他已然变节。李香君撕毁桃花扇，与侯方域决裂。

《红楼梦》中，林黛玉曾作《桃花行》：

桃花帘外东风软，桃花帘内晨妆懒。帘外桃花帘内人，人与桃花隔不远。东风有意揭帘栊，花欲窥人帘不卷。桃花帘外开仍旧，帘中人比桃花瘦。花解怜人花亦愁，隔帘消息风吹透。风透帘栊花满庭，庭前春色倍伤情。闲苔院落门空掩，斜日栏杆人自凭。凭栏人向东风泣，茜裙偷傍桃花立。桃花桃叶乱纷纷，花绽新红叶凝碧。雾裹烟封一万株，烘楼照壁红模糊。天机烧破鸳鸯锦，春酣欲醒移珊枕。侍女金盆进水来，香泉影蘸胭脂冷！胭脂鲜艳何相类，花之颜色人之泪。若将人泪比桃花，泪自长流花自媚。泪眼观花泪易干，泪干春尽花憔悴。憔悴花遮憔悴人，花飞人倦易黄昏。一声杜宇春归尽，寂寞帘栊空月痕！

黛玉身世飘零，宛若落花。因为生病，黛玉的脸颊亦如桃花绯红。"黛玉还要往下写时，觉得浑身发热，面上作烧，走至镜台揭起锦袱一照，只见腮上通红，自羡压倒桃花，却不知病由此萌。"《桃花行》柔肠百转，缠绵凄婉。众人称赞不已，约定再续诗社，将"海棠社"改为"桃花社"。只有宝玉看了并不称赞，却滚下泪来，又怕众人看见，又忙自己擦了。也许因为宝玉看出了，《桃花行》是黛玉之死的预言。

刘希夷《代悲白头翁》："洛阳城东桃李花，飞来飞去落谁家？洛阳女儿惜颜色，行逢落花长叹息。今年花落颜色改，明年花开复谁在？已见松柏摧为薪，更闻桑田变成海。古人无复洛城东，今人还对落花风。年年岁岁花相似，岁岁年年人不同。"诗人感叹青春易逝、世事无常，不及年年绽放的桃李花。据说，因为"年年岁岁花相似，岁岁年年人不同"写得太好，其舅父宋之问欲据为己有，希夷不允，第二年被舅父残忍活埋，死时未满三十。这首诗，写尽了不能掌握自己命运的世间人之苦，包括诗人自己，真正"一诗成谶"。

李渔《闲情偶寄》："噫，色之极媚者莫过于桃，而寿之极短者亦莫过于桃，'红颜薄命'之说，单为此种。凡见妇人面与相似而色泽不分者，即当以花魂视之，谓别形体不久也。然勿明言，至生涕泣。"桃花极为娇媚，但寿命极短暂。面若桃花的女子，会不久于人世。所以他认为，用桃花喻红颜薄命的美人，是因为二者都美丽而短寿。

桃花又名短命花，文震亨《长物志》："桃性早实，十年辄枯，故称短命花。"桃花寿短而命薄，其寓意却与之相悖。无论典籍记载还是民间流传，桃木桃花都是可以辟邪的吉祥

清，邹一桂，桃花蔷薇，轴

之物。

《山海经·海外北经》记载了"夸父逐日"的传说："夸父与日逐走，入日；渴，欲得饮，饮于河渭；河渭不足，北饮大泽。未至，道渴而死。弃其杖，化为邓林。"清人毕沅考证，"邓林"即"桃林"。也许是因为夸父逐日之时吸收了充足的阳气，他的手杖化为桃林，依然是纯阳之物。

桃的阳气还体现在季节物候上。《逸周书·时训解》："惊蛰之日，桃始华。又五日，仓庚鸣。又五日，鹰化为鸠。桃不始华，是谓阳否。"惊蛰之日桃花开放，用以判断阳气是否萌发。

桃木柔软而有韧性，可制作桃弧、桃弓等武器。随着冶炼技术发展，桃木从制作武器的原材料变为了纯粹的避邪之物。《春秋左传·昭公四年》："桃弧棘矢，以除其灾。"桃木弓、棘枝箭可以辟邪。

桃木辟邪的说法，可见于种种典籍。《典术》："桃者，五木之精也，故压伏邪气者也。桃之精生在鬼门，制百鬼，故今作桃人梗著门以压邪，此仙木也。"其中提到的"桃人"，是削为人形的桃木，或者在桃木板上绘制的人。宗懔《荆楚岁时记》："于是县官以腊除夕饰桃人，垂苇索，画虎于门。"据说，早在黄帝时期，就有了桃人。王充《订鬼篇》引用《山海经》："沧海之中，有度朔之山，上有大桃木，其屈蟠三千里，其枝间东北曰鬼门，万鬼所出入也。上有二神人，一曰神荼，一曰郁垒，主阅领万鬼。恶害之鬼，执以苇索，而以食虎。于是黄帝乃作礼以时驱之，立大桃人，门户画神荼、郁垒与虎，悬苇索以御凶魅。"在民间，桃人被视为门神，于年末岁尾饰于门上驱邪安宅，也称作"桃符"。

自宋代起，桃符辟邪的方式发生了变化。人们不再于门上画桃人，而是在门上书写对联。桃符的内涵也从纯粹的驱邪变为了辞旧迎新。王安石《元日》洋溢着热闹喜庆的气氛："爆竹声中一岁除，春风送暖入屠苏。千门万户曈曈日，总把新桃换旧符。"有意思的是，日本广为人知的制鬼小能手"桃太郎"，也是从桃子里面诞生的。

在古代中国，人们对于永恒的追求孜孜不倦。"延年、龟年"是百姓的常用词。现存的秦汉瓦当上，"长乐未央、长生未央"等词语常常出现。作为万乘之尊的皇帝，所追求的高于普通百姓。当江山美人尽收囊中，世间美好尽数掌控，他们更害怕失去，更向往永恒。秦始皇、汉武帝……多少皇帝好神仙之术，一心求长生不老，四处搜寻方士、秘术。当长生不老成为遥不可及的梦境，他们又修建宏大的陵墓，用数不清的珍宝陪葬，让自己在另一个世界继续享用权势和富贵。追寻灵丹妙药而不得时，他们最向往的，该是去王母蟠桃园走一遭，吃几个仙桃吧。

据《汉武帝内传》记载，西王母曾招待他吃过仙桃。西王母见汉武帝，王母以仙桃待客。"又命侍女更索桃果。须臾，以玉盘盛仙桃七颗，大如鸭卵，形圆青色，以呈王母。母以四颗与帝，三颗自食。桃味甘美，口有盈味。帝食辄收其核。王母问帝，帝曰：'欲种之。'母曰：'此桃三千年一生实，中夏地薄，种之不生。'帝乃止。"汉武帝虽然没有将仙桃移植到人间，王母蟠桃的故事却因此深入人心。

《西游记》中，孙悟空管理蟠桃园，曾问土地道："此树有多少株数？"土地道："共有三千六百株。这一千二百株，花微果小，三千年一熟，人吃了成仙了道，体健身轻。中间一千二百株，层花甘实，六千年一熟，人吃了霞举飞升，长生不老。后面一千二百株，紫纹细核，九千年一熟，人吃了与天地齐寿，同日月长庚。"体健身轻、长生不老、日月同庚，正是历经生老病死的凡人最向往之事。

王母蟠桃园的仙桃珍贵非常，神仙都难有机会品尝。不过，各类神仙典籍中记载，人间也有仙桃存在。这些仙桃分布在不同的人间仙境，都甚为硕大。东晋王嘉《拾遗记》："磅磄山，去扶桑五万里，日所不及，其地寒，有桃树千围，其花青黑色，万年一实。"东方朔《神异经》："东北有树，高五十丈，叶长八尺，名曰桃。其子，径三尺二寸，小核味和，食之令人短寿。"

吃过仙桃的凡人不多。最有名的故事，属"刘阮遇仙"。《古小说钩沈》辑《幽明录》记载说汉明帝永平五年，剡县刘晨、阮肇共入天台山取谷皮，迷不得返。经十三日，采桃食之。下山以杯取水，见鞠青叶流下甚鲜，复有胡麻饭一杯流下，二人相谓曰："去人不远矣。"乃渡水，又过一山，见二女，容颜妙绝，呼晨、肇姓名，问郎来何晚也。因相款待，行酒作乐，被留半年。求归，至家，子孙已七世矣。

"刘阮遇仙"的故事有双重含义。一是食桃长寿。外出半年，子孙已七世。刘晨、阮肇如此长寿，想必是吃了仙桃的缘故。元稹《刘、阮妻》："仙洞千年一度闲，等闲偷入又偷回。桃花飞尽东风起，何处消沉去不来。芙蓉脂肉绿云鬟，罨画楼台青黛山。千树桃花万年药，不知何事忆人间。"

二是仙凡艳遇。刘晨、阮肇本是樵夫，有容颜妙绝的仙女与之行酒作乐。这等风流美事，不由叫人心生艳羡。后世诗词中反复提起的"刘郎""阮郎""桃源"，大多隐喻情爱。"阮郎归"甚至成为了词牌名。欧阳修《阮郎归》："刘郎何日是来时，无心云胜伊。行云犹解傍山飞，郎行去不归。强匀画，又芳菲。春深轻薄衣。桃花无语伴相思，阴阴月上时。"

文人们好用"桃源"形容情人幽会欢爱之所，其中不少是花街柳巷风情地。周邦彦《芳草渡》："昨夜里，又再宿桃源，醉邀仙侣。听碧窗风快，珠帘半卷疏雨。多少离恨苦。方留连啼诉。凤帐晓，又是匆匆，独自归去。愁睹。满怀泪粉，瘦马冲泥寻去路。谩回首、烟迷望眼，依稀见朱户。似痴似醉，暗恼损、凭阑情绪。淡暮色，看尽栖鸦乱舞。"陈师道《菩萨蛮》："晓来误入桃源洞。恰见佳人春睡重。玉腕枕香腮。荷花藕上开。一扇俄惊起。敛黛凝秋水。笑倩整金衣。问郎来几时。"桃花、桃叶也常用来指代地位卑贱的女子。

桃花位卑而色艳，文人屡屡评价其妖俗。宋人姚伯声列"花三十客"："牡丹为贵客，梅为清客，兰为幽客，桃为妖客……"《三柳轩杂识》偏见更甚："余尝评花，以为梅有山林之风，杏有闺门之态，桃如倚门市娼，李如东郭贫女。"直接将桃花定为倚门拉客的低等妓女。皮日休曾作《桃花赋》鸣不平："花品之中，此花最异。以众为繁，以多见鄙。自是物情，非关春意。若氏族之斥素流，品秩之卑寒士。他目则目，他耳则耳。或以怪而称珍，或以疏而见贵。或有实而花乖，或有花而实悴。其花可以畅君之心目，其实可以充君之口腹。匪乎兹花，他则碌碌。我将修《花品》，以此花为第一……"

"桃花源"因为象征艳情而低俗，却因为隐逸避世的意蕴而高尚。陶渊明《桃花源记》影响世人千年，始终为人深深向往。"晋太元中，武陵人捕鱼为业。缘溪行，忘路之远近。忽逢桃花林，夹岸数百步，中无杂树，芳草鲜美，落英缤纷。渔人甚异之。复前行，欲穷其林。……"岸边美丽的桃花林吸引着武陵人前行。桃花源里，是和睦的田园风光："土地平旷，屋舍俨然，有良田美池桑竹之属。阡陌交通，鸡犬相闻。其中往来种作，男女衣着，悉如外人。黄发垂髫，并怡然自乐。"陶渊明身处乱世，桃花源是与世无争的清静地。这里民风淳朴、和谐恬淡，更远离外界喧嚣，引发一众文人追怀。

唐宋诗人以《桃源行》为题，写下了不少诗篇。其中王维《桃源行》清新别致，恬淡唯美，隐隐散发着神仙气：

渔舟逐水爱山春，两岸桃花夹去津。坐看红树不知远，行尽青溪不见人。山口潜行始隈隩，山开旷望旋平陆。遥看一处攒云树，近入千家散花竹。樵客初传汉姓名，居人未改秦衣服。居人共住武陵源，还从物外起田园。月明松下房栊静，日出云中鸡犬喧。惊闻俗客争来集，竞引还家问都邑。平明闾巷扫花开，薄暮渔樵乘水入。初因避地去人间，及至成仙遂不还。峡里谁知有人事，世中遥望空云山。不疑灵境难闻见，尘心未尽思乡县。出洞无论隔山水，辞家终拟长游衍。自谓经过旧不迷，安知峰壑今来变。当时只记入山深，青溪几度到云林。春来遍是桃花水，不辨仙源何处寻。

苏轼被贬谪期间，创作了百余篇"和陶诗"。苏辙《亡兄子瞻端明墓志铭》有云："公诗本似李、杜，晚喜陶渊明，追和之者几遍，凡四卷。"诚如苏辙所言，苏轼追和陶诗的意义，早已超过了文学艺术本身，其中更多的是对陶渊明人品操守的崇尚。苏轼晚年作《和〈陶渊明诗集〉引》说道：

古之诗人有拟古之作矣，未有追和古人者也。追和古人，则始于东坡。吾于诗人，无所甚好，独好渊明之诗。渊明作诗不多，然其诗质而实绮，癯而实腴，自曹、刘、鲍、谢、李、杜诸人，皆莫及也。吾前后和其诗凡百数十篇，至其得意，自谓不甚愧渊明。今将集而并录之，以遗后之君子，子为我志之。然吾于渊明，岂独好其诗也哉？如其为人，实有感焉。

我见过最美的桃花，就是在西湖十景之首"苏堤春晓"。春风里的西湖，春水里的苏堤，美得像一场梦。那些盛开的桃花，匍匐在湖面之上。花在水上，影在水中，风来影动，满树花朵飘摇。桃花的周围，是翠色撩人、宛若初生的烟柳。桃柳相间，亭亭玉立，临水如同览镜，沐风堪比梳妆。美人如花，花亦如美人。"娴静时如娇花照水，行动处似弱柳扶风。"此时此刻，花明柳不暗，一致的明艳、妩媚、楚楚动人。

苏堤一侧有"花港观鱼"，此处游人聚集。这里的花不只桃花，还有樱花、海棠；树也不只柳树，还有海桐、香樟。它们无一不清晰地倒映在水上，随着水波翩然起舞。水里一群群锦鲤，好似飞鸟，自在穿行在树与花的倒影之间。乍看此景，游客们都很忙碌，拿出单反或者自拍杆，不知道应该先拍花，还是先拍鱼。垂钓老者微笑且淡然："不慌不忙慢慢走，一步一风景，一景一传说。"

有的景很隆重，花团锦簇，掩映着台榭楼轩，"六朝金粉"苏小小叹息着"桃花流水杳然去，油壁香车不再逢"；有的景略疏淡，木质的六角亭外，几株梅花蘸水而立，枝干错落有致，独具风骨，"梅妻鹤子"林逋吟诵着"疏影横斜水清浅，暗香浮动月黄昏"。远方水波潋滟，山色空蒙，小舟点点，又令人想起许仙借伞，与青白二蛇同游西湖的那个阴雨天。

兀自神游之际，同伴问："苏堤看起来不高呀，究竟能防洪么？"

她话音刚落，我们右侧湖面生起一阵风，湖面波光粼粼，湖边柳枝整齐地随风倾斜着。湖堤左侧的水面依旧平静，柳枝安然地下垂着，纹丝不动。

我笑答："你看，何况是水，风都被它隔住了。"

这就是苏公为我们留下的苏堤啊。它隔住了水，隔住了风，隔住了光阴，留给我们一枕旧时的江南梦。

春分赏海棠：只恐夜深花睡去

　　春分之日，昼夜均分，春天已过去一半。《荆楚岁时说》所载"二十四番花信风"，海棠是春分第一候。陆游写过《春寒连日不出》："海棠花入燕泥干，梅子枝头已带酸。老去懒寻年少梦，春分不减社前寒。"春分刚过，海棠也就凋谢了。

　　最早关于海棠的记载，是《诗经·卫风·木瓜》："投我以木瓜，报之以琼琚。匪报也，永以为好也！投我以木桃，报之以琼瑶。匪报也，永以为好也！投我以木李，报之以琼玖。匪报也，永以为好也！"据考证，诗中的"木瓜、木桃、木李"是蔷薇科木瓜属的几种植物，被后人称为"海棠"。

　　植物学定义的海棠只包括蔷薇科苹果属果实较小的植物。但大众印象中，部分苹果属、木瓜属的植物都可称为海棠。除此之外，还有秋海棠、铁海棠等，她们之间亲缘关系很远，只是因为明媚艳丽，就被冠上了海棠之名。王象晋《群芳谱》总结了最为著名的"海棠四品"，即西府海棠、垂丝海棠、贴梗海棠和木瓜海棠，它们无论外形还是品种都大相径庭。

其中西府海棠和垂丝海棠属于蔷薇科苹果属，它们的果实很像小苹果。贴梗海棠和木瓜海棠属于蔷薇科木瓜属，果实是椭圆形的小木瓜，有芳香。古代诗文中提到的"海棠"，大多是西府海棠。

海棠花秀雅柔美，繁丽似锦，拥有毋庸置疑的美。唐相贾耽著《百花谱》，誉海棠为"花中神仙"。宋代是海棠发展的鼎盛期。陈思《海棠谱序》将海棠与梅花、牡丹相提并论："梅花占于春前，牡丹殿于春后，骚人墨客特注意焉。独海棠一种，丰姿艳质，固不在二花之下。"沈立《海棠记》记载："尝闻真宗皇帝御制《后苑杂花十题》，以海棠为章，赐近臣唱和，则知海棠足与牡丹抗衡，而可独步于西州矣。"吴芾视海棠为百花之尊："十年栽种满园花，无似兹花艳丽多。已是谱中推第一，不须还更问如何。"

身为"花中神仙"，海棠拥有毋庸置疑的美。王象晋在《群芳谱》中盛赞海棠：

海棠盛于蜀，而秦中次之，其株翛然出尘，俯视众芳，有超群绝类之势，而其花甚丰，其叶甚茂，其枝甚柔，望之绰约如处女，非若他花冶容不正者比，盖色之美者惟海棠，视之如浅绛，外英英数点如深胭脂，此诗家所以难为状也。

这段文字极其精彩，又非常中肯。诗人们千方百计描绘海棠之美，虽尽全力，却难以呈现。

有人以"深浅"临摹物色。李绅《海棠》："海边佳树生奇彩，知是仙山取得栽。琼蕊籍中闻阆苑，紫芝图上见蓬莱。浅深芳萼通宵换，委积红英报晚开。寄语春园百花道，莫争颜色泛金杯。"杨谔《和燕龙图海棠》："少吐深深染，全开淡淡妆。"柳永《玉楼春·海棠》："东风催露千娇面，欲绽红深开处浅。"诗人们惯用"深"与"浅"形容花的颜色，多指几树色深、几树色浅。若一棵树上几枝花颜色深、几枝花颜色浅，就称得上奇花了。海棠更奇，即使是同一朵花的花瓣，颜色也深浅不一。几瓣深红，几瓣浅红。不同的花瓣，红的部位也不一样。

仅以深浅论花色，很难描绘出海棠独特的色彩。海棠花色彩的变化自然随意、相互交织，全然不着痕迹，仿佛以浅红作底、深红晕染而成。有时染红相邻的花瓣，有时染红相对的花瓣。有时染红花瓣边缘，有时染红花瓣中间。不少诗人以"染"字作海棠诗。石扬休《海棠》："化工裁剪用功专，濯锦江头价最偏。酷爱几思凭画手，难题浑觉挫诗权。艳凝绛缬深深染，树认红绡密密连。"沈立《海棠百韵》："浅深相向背，疏密递勾牵。轻茜重重染，丹砂细细研。"将海棠花视为晕染而成的红绡、茜纱，胜过单纯用"深浅"形容海棠花的颜色。薛涛《海棠溪》中，特意将轻纱与海棠花相比较："春教风景驻仙霞，水面鱼身总带花。人世不思灵卉异，竞将红缬染轻纱。"这首诗意象绮丽。海棠花宛若仙霞，倒映于水面，鱼儿仿佛带着花游弋。世人将染红的轻纱与海棠花相比，想来是不懂欣赏花的绝妙之处吧。

"红缬染轻纱"不及海棠花。诗人们发现，海棠花又似胭脂涂上美人脸。范成大《咏蜀中垂丝海棠》："春工叶叶与丝丝，怕日嫌风不自持。晓镜为谁妆未办，沁痕犹自湿胭脂。"晏殊《诉衷情》："海棠珠缀一重重，清晓近帘栊，胭脂谁与匀淡，偏向脸边浓。"美人脸上的胭脂涂得仔细，海棠花的胭脂却涂得甚为随意。花如人面，有的胭脂留在了脸颊，有的却抹到了额头、下巴、鼻尖。这分明不是正妆，而是"醉颜残妆"。据《杨太真外传》："上皇登沉香亭，召太真。妃于时卯醉未醒，命力士使侍儿持掖而至，妃子醉韵残妆，鬓乱钗横，不能再拜。上皇笑曰，岂妃子醉，是海棠睡未足耳。"这样的情形，不禁让人想起"贵妃醉酒"。不同的是，"贵妃醉酒"乃醉酒而兴起，娇歌艳舞，动人心旌。此处贵妃酒醉未醒，娇弱袅娜，惹人爱怜。

　　"海棠睡未足"典故对后世书画诗文影响深远。诗人们常把海棠比作酒醉未醒的杨贵妃，借贵妃之慵懒抒海棠之神韵。刘克庄《黄田人家别墅缭山种海棠为赋二绝》："海棠妙处有谁知？今在胭脂乍染时。试问玉环堪比否，玉环犹自觉离披。"潘从哲《海棠》："宛如初浴出华清，讵是朝酣睡未足。"梁持胜《海棠》："沉香亭子勾栏畔，消得君王比太真。"其中最有名的，当数苏轼被贬黄州期间所作《海棠》："东风袅袅泛崇光，香雾空蒙月转廊。只恐夜深花睡去，故烧银烛照红妆。"此诗构思奇巧，落笔不凡，格调尤高。形容海棠花物色之美，不落窠臼。海棠花重瓣叠萼，色泽流变，崇光泛彩。月色朦胧，花香氤氲。化用两典抒发惜花之情，浑然无迹。夜赏海棠之风尚由此掀开。陈傅良《海棠》："淡月看花似雾中，遽呼灯烛倚花丛。夜来月色明如昼，却向庭芜数落红。"范成大《赏海棠三首》："烛光花影两相宜，占断风光二月时。"吴苾《寄朝宗》："海棠已作十分妆，细看妖娆更异常。不得与君同胜赏，空烧银烛照花光。"海棠与夜色构成的独特美感超越了时空。马孟容绘《月夜八哥海棠图》赠朱自清，朱自清撰《月朦胧，鸟朦胧，帘卷海棠红》以文换画，成为文界艺坛之美谈：

　　这是一张尺多宽的小小的横幅，马孟容君画的。上方的左角，斜着一帘绿色的帘子，稀疏而长；当纸的直处三分之一，横处三分之二。帘子中央，着一黄色的，茶壶嘴似的钩儿——就是所谓软金钩吗？"钩弯"垂直双穗，石青色；丝缕微乱，若小曳于清风中。纸右一圆月，淡淡的青光遍满纸上；月的纯净，柔软与平和如一张睡美人的脸。从帘的上端向右斜伸而下，是一枝交缠的海棠花。花叶扶疏，上下错落着，共有五丛；或散或密，都玲珑有致。叶嫩绿色，仿佛掐得出水似的；在月光中掩映着，微微有浅深之别。花正盛开，红艳欲流；黄色的雄蕊历历的，闪闪的。衬托在丛绿之间，格外觉着妖娆了。枝欹斜而腾挪，如少女的一只臂膊。枝上歇着一对黑色的八哥，背着月光，向着帘里。一只歇得高些，小小的眼儿半睁半闭的，似乎在入梦之前，还有所留恋似的。那低些的一只别过脸来对着这一只，已缩着劲儿睡了。帘下是空空的，不着一些痕迹。

　　海棠花睡平和而妖娆，让朱自清留恋不已。海棠花未眠，又让川端康成陷入了美的哲思，写就《花未眠》：

　　花未眠这众所周知的事，忽然成了新发现花的机缘。自

037

然的美是无限的。人感受到的美却是有限的，正因为人感受美的能力是有限的，所以说人感受到的美是有限的，自然的美是无限的。至少人的一生中感受到的美是有限的，是很有限的，这是我的实际感受，也是我的感叹。人感受美的能力，既不是与时代同步前进，也不是伴随年龄而增长。凌晨四点的海棠花，应该说也是难能可贵的。如果说，一朵花很美，那么我有时就会不由地自语道：要活下去！

苏轼还有另一首海棠长诗，《寓居定惠院之东杂花满山有海棠一株土人不知贵也》：

江城地瘴蕃草木，只有名花苦幽独。嫣然一笑竹篱间，桃李漫山总粗俗。也知造物有深意，故遣佳人在空谷。自然富贵出天姿，不待金盘荐华屋。朱唇得酒晕生脸，翠袖卷纱红映肉。林深雾暗晓光迟，日暖风轻春睡足。雨中有泪亦凄怆，月下无人更清淑。先生食饱无一事，散步逍遥自扪腹。不问人家与僧舍，拄杖敲门看修竹。忽逢绝艳照衰朽，叹息无言揩病目。陋邦何处得此花，无乃好事移西蜀。寸根千里不易到，衔子飞来定鸿鹄。天涯流落俱可念，为饮一樽歌此曲。明朝酒醒还独来，雪落纷纷那忍触。

诗人于衰微之年、粗陋之地惊遇海棠盛放，以花寓己，感慨人与花俱流落天涯，漂泊孤独而又相知相惜，读来荡气回肠。

此诗为苏轼被贬黄州后所作，虽不及"只恐夜深花睡去"流传广泛，却是诗人最得意之作。他曾多次书此诗赠人："人

清，邹一桂，秋海棠，轴

间刻石者，自有五六本，云吾平生最得意诗也。"其他文人的评价也很高。黄庭坚《跋所书苏轼海棠诗》："子瞻在黄州作《海棠诗》，追古今之绝唱也。"魏醇甫《诗人玉屑》："东坡《海棠诗》，辞格超逸，不复蹈袭前人。"

与海棠花相逢让苏轼感慨，与海棠分离让他挂怀。常州邵民瞻仰慕苏轼才学，拜他为师。苏轼曾将蜀地带来的西府海棠栽植于邵民瞻天远堂。苏轼来书必问："海棠无恙乎？"邵氏则报："海棠无恙。"历经岁月与战火，苏轼手植海棠依然生长于天远堂。苏轼问过"海棠无恙"，李清照则问过"海棠依旧"。《如梦令》语浅情深："昨夜雨疏风骤，浓睡不消残酒。试问卷帘人，却道海棠依旧。知否？知否？应是绿肥红瘦。"

若论对海棠的热爱，陆游无人能及。"成都海棠十万株，繁花盛丽天下无。"陆游入蜀八年，因痴迷海棠花被称作"海棠癫"。他曾在成都作《花时遍游诸家园》十首，写尽了寻花赏花护花种种情态。其中有诗句："看花南陌复东阡，晓露初干日正妍。走马碧鸡坊里去，市人唤作海棠颠……为爱名花抵死狂，只愁风日损红芳。绿章夜奏通明殿，乞借春阴护海棠。"可见他对海棠的热情与癫狂。东归之后，诗人时时怀念蜀地海棠。生病了，作《病中久止酒有怀成都海棠之盛》："碧鸡坊里海棠时，弥月兼旬醉不知。马上难寻前梦境，樽前谁记旧歌辞？目穷落日横千嶂，肠断春风把一枝。说与故人应不信，茶烟禅榻鬓成丝。"年过八旬，对海棠的感情愈加炽烈，作《海棠歌》：

我初入蜀鬓未霜，南充樊亭看海棠。当时已谓目未睹，岂知更有碧鸡坊。碧鸡海棠天下绝，枝枝似染猩猩血。蜀姬艳妆肯让人，花前顿觉无颜色。扁舟东下八千里，桃李真成仆奴尔。若使海棠根可移，扬州芍药应羞死。风雨春残杜鹃哭，夜夜寒衾梦还蜀。何从乞得不死方，更看千年未为足。

　　陆游对海棠感情极为浓厚。有人议论海棠无香、徒有其表，他坚决反对："蜀地名花擅古今，一枝气可压千林。讥评更到无香处，当恨人言太刻深。"中国传统文化中，香味是评价花卉品格与内涵的重要标准。"海棠无香"自古以来被视为一大憾事。据《王禹偁诗话》记载，石崇曾对海棠花感叹："汝若能香，当以金屋贮汝。"释惠洪《冷斋夜话》记载了完美主义者渊材"五恨"："一恨鲥鱼多骨，二恨金橘太酸，三恨莼菜性冷，四恨海棠无香，五恨曾子固不能诗。"张爱玲在《红楼梦魇》中亦提出"三恨"：一恨鲥鱼多刺，二恨海棠无香，三恨红楼梦未完。

　　事实上，对于海棠是否有香，诗人们颇多争议。有人认为海棠香浓。薛能《海棠》："四海应无蜀海棠，一时开处一城香。"沈立《海棠》："占断香与色，蜀花徒自开。"有人认为海棠有微香。杨万里《二月十四日晓起看海棠八首》："除却牡丹了，海棠当亚元。艳超红白外，香在有无间。"对比海棠香浓的诗句，"香在有无间"的诗作颇有愤愤不平之意，应该更加真实。李渔《闲情偶寄》也认为海棠微香："然吾又谓海棠不尽无香，香在隐跃之间，又不幸而为色掩。"还有人认为海棠无香，实乃白璧微瑕。王恽《海棠》："任使无香真可意，放教千叶更多情。"梁持胜《海棠》："只缘造物偏留意，任使无香亦可人。"

那么，海棠究竟有无香味呢？海棠种类繁多，文人们见到不同的海棠，得出了不同结论。有人发现，嘉州（今四川乐山）海棠有香味，因此那里被称作"海棠香国"。王十朋《点绛唇》："谁恨无香，试把花枝嗅，风微细，熏锦绣，不止嘉州有。"提出"五恨海棠无香"的渊材，还有另一桩逸闻。《冷斋夜话》记载：

李丹大夫客都下，一年无差遣，乃授昌州。议者以去家远，乃改授鄂倅。渊材闻之，乃吐饭大步往谒李，曰："今日闻大夫欲受鄂倅，有之乎？"李曰："然。"渊材怅然曰："谁为大夫谋？昌，佳郡，奈何弃之？"李惊曰："供给丰乎？"曰非也。"民讼简乎？"曰非也。曰："然则何以知其佳？"渊材曰："天下海棠无香，昌州海棠独香，非佳郡乎？"闻者传以为笑。

渊材所言"昌州"现为重庆永川。将"昌州海棠独香"作为劝人留下来做官的理由，可见"海棠无香"乃片面之语，亦足见渊材之痴。

渊材因"昌州海棠独香"劝人做官，看似不可思议，但历史上此类情况并不少见。何逊就曾因为思念梅花请求去扬州任职。张岱《夜航船》收集了"思梅再任"的典故："何逊为扬州法曹，公廨有梅一株，逊常赋诗其下，后居洛，思梅花不得，请再任扬州。至日，花开满树，逊宾醉赏之。"杜甫在《和裴迪登蜀州东亭送客逢早梅相忆见寄》中引用了此典："东阁官梅动诗兴，还如何逊在扬州。此时对雪遥相忆，送客逢春可自由。"

杜甫居蜀期间，写过许多吟咏蜀地草木的诗，却未作海棠。这一点引起了文人们的注意。有人认为，是他心情欠佳。郑谷《蜀中赏海棠》："浓淡芳春满蜀乡，半随风雨断莺肠。浣花溪上堪惆怅，子美无心为发扬。"有人认为，是因为他母亲名"海棠"。《古今诗话》："杜子美母名海棠，子美讳之，故《杜集》中绝无海棠诗。"还有人认为，他并没有见过海棠。杨万里《海棠四首》："岂是少陵无句子，少陵未见欲如何？"陆游作《六言杂兴》郑重回应："广平作梅花赋，少陵无海棠诗。正自一时偶尔，俗人平地生疑。"

陆游一生爱惜海棠、维护海棠、赞颂海棠，为海棠痴狂。当年他被迫休妻，离别之际，唐婉曾送给他一盆秋海棠。秋海棠是草本植物，与"海棠四品"差别很大。它象征苦恋，又名"断肠花"。张岱《夜航船》记载："昔有妇人思所欢，不见辄涕泣，洒泪于北墙之下，后湿处生草，其花甚美，色如妇面，其叶正绿反红，秋开，即今之海棠也。"据考证，《红楼梦》里，激发众人结海棠社、吟海棠诗的白海棠，便是秋海棠。《红楼梦》所涉植物众多，海棠被反复提及。怡红院有一棵西府海棠，与芭蕉相互映衬，是"怡红快绿"的"红"。怡红院的海棠颇通灵性。晴雯去世之前，海棠无故死了半边，后来又突然在十一月盛开，众人认为有花妖作祟，贾府不久遭查抄。海棠是湘云的"花影身"。群芳夜宴时，湘云擎得的花签，一面画着一枝海棠，题着"香梦沉酣"四字，那面诗道：只恐夜深花睡去。湘云醉眠芍药，与贵妃海棠春睡相呼应，塑造出了另一位睡美人。相较于杨贵妃的风流韵致，这位睡美人天真烂漫、憨态可掬，更加惹人怜爱。

清明赏桐花：漠漠客舍桐花春

《周书》："清明之日桐始华。"以"桐"为名的树不少，主要有梧桐、法桐、泡桐。桐花与梧桐无关，也与法桐无关。一串串铜铃似的花朵，只悬挂于泡桐上。法桐、梧桐、泡桐究竟有何区别呢？

法桐，悬铃木科悬铃木属。它俗称法国梧桐，实际上既非产自法国，也非梧桐。因由法国人引种到上海，树叶与梧桐相似，被误称为法国梧桐。在中国种植的悬铃木有三种，分别是一球悬铃木、二球悬铃木、三球悬铃木，习惯性被称作美国梧桐、英国梧桐、法国梧桐。悬铃木因生长快、树型大，作为行道树广泛栽培。

梧桐产自中国，梧桐科梧桐属。它的树皮呈青绿色，因而又被称为青桐。梧桐是优良的观赏树种，有凤栖梧桐的美好传说，因而多被文人歌咏赞颂。《诗经·大雅》："凤凰鸣矣，于彼高冈。梧桐生矣，于彼朝阳。"

泡桐也产自中国，玄参科泡桐属。当下最常见的是毛泡桐，因为花是紫色的，所以也被称作紫花泡桐。古书关于泡桐的记载不少。李时珍《本草纲目》："《本经》桐叶，即白桐也。桐华成筒，故谓之桐。其材轻虚，色白而有绮文，故俗谓之白桐、泡桐，古谓之椅桐也。"

在中国古代，"桐"分类不精细。梧桐（青桐）与泡桐（白桐）都可称作梧桐。冯复京《六家诗名物疏》："桐种大同小异，诸家各执所见，纷纷致辩，亦不能诘矣。"梧桐（青桐）花小，夏日开。泡桐（白桐）花大，春日开。桐花通常指泡桐花。

清明是特殊的日子，既是节气，也是节日。为追思，它是悲伤的；为踏青，它是愉快的。象征清明节的桐花也兼具了双重属性。花开时绚烂，让人欢喜；花落时迅疾，叫人遗憾。

上巳节与清明节很近。这个时段，桐花盛开于郊野，很适合宴乐游春。柳永《木兰花慢》："拆桐花烂漫，乍疏雨、洗清明。正艳杏烧林，缃桃绣野，芳景如屏。倾城。尽寻胜去，骤雕鞍绀幰出郊坰。风暖繁弦脆管，万家竞奏新声。盈盈。斗草踏青。人艳冶、递逢迎。向路傍往往，遗簪堕珥，珠翠纵横。欢情。对佳丽地，信金罍罄竭玉山倾。拼却明朝永日，画堂一枕春醒。"崔护《三月五日陪裴大夫泛长沙东湖》："上巳馀风景，芳辰集远坰。彩舟浮泛荡，绣毂下娉婷。林树回葱蒨，笙歌入杳冥。湖光迷翡翠，草色醉蜻蜓。鸟弄桐花日，鱼翻谷雨萍。从今留胜会，谁看画兰亭。"

桐花遍布山林原野，驿路池塘，总能在不经意间出现在你的视野中。杨柳之间往往有桐花，耿湋《春日洪州即事》："钟陵春日好，春水满南塘。竹宇分朱阁，桐花间绿杨。"桑林之畔也有桐花，陆游《上巳临川道中》："二月六夜春水生，陆子初有临川行。溪深桥断不得渡，城近卧闻吹角声。三月三日天气新，临川道中愁杀人。纤纤女手桑叶绿，漠漠客舍桐花春。"羁旅之中偶遇桐花，更添伤感愁绪。

在吟咏桐花的诗作里面，白居易与元稹的酬唱之作极引人注目。元稹《桐花》：

胧月上山馆，紫桐垂好阴。可惜暗澹色，无人知此心。舜没苍梧野，凤归丹穴岑。遗落在人世，光华那复深。年年怨春意，不竞桃杏林。唯占清明后，牡丹还复侵。况此空馆闭，云谁恣幽寻。徒烦鸟噪集，不语山嵚岑。满院青苔地，一树莲花簪。自开还自落，暗芳终暗沈。尔生不得所，我愿裁为琴。安置君王侧，调和元首音。安问宫徵角，先辨雅郑淫。宫弦春以君，君若春日临。商弦廉以臣，臣作旱天霖。人安角声畅，人困斗不任。羽以类万物，袄物神不歆。徵以节百事，奉事罔不钦。五者苟不乱，天命乃可忱。君若问孝理，弹作梁山吟。君若事宗庙，拊以和球琳。君若不好谏，愿献触疏箴。君若不罢猎，请听荒于禽。君若侈台殿，雍门可沾襟。君若傲贤隽，鹿鸣有食芩。君闻祈招什，车马勿骎骎。君若欲败度，中有式如金。君闻薰风操，志气在愔愔。中有阜财语，勿受来献琛。北里当绝听，祸莫大于淫。南风苟不竞，无往遗之擒。奸声不入耳，巧言宁孔壬。枭音亦云革，安得渗与祲。天子既穆穆，群材亦森森。剑士还农野，丝人归织纴。丹凤巢阿阁，文鱼游碧浔。和气浃寰海，易若溉蹄涔。改张乃可鼓，此语无古今。非琴独能尔，事有谕因针。感尔桐花意，闲怨杳难禁。待我持斤斧，置君为大琛。

紫桐花春日开于山中，寂寞无人知晓。颜色暗淡，不及桃杏、牡丹。诗人以花喻己，喟叹落寞的处境。白居易和之以《和答诗十首·答桐花》：

　　山木多翳郁，兹桐独亭亭。叶重碧云片，花簇紫霞英。是时三月天，春暖山雨晴。夜色向月浅，暗香随风轻。行者多商贾，居者悉黎氓。无人解赏爱，有客独屏营。手攀花枝立，足蹋花影行。生怜不得所，死欲扬其声。截为天子琴，刻作古人形。云待我成器，荐之于穆清。诚是君子心，恐非草木情。胡为爱其华，而反伤其生。老龟被刳肠，不如无神灵。雄鸡自断尾，不愿为牺牲。况此好颜色，花紫叶青青。宜遂天地性，忍加刀斧刑。我思五丁力，拔入九重城。当君正殿栽，花叶生光晶。上对月中桂，下覆阶前蓂。泛拂香炉烟，隐映斧藻屏。为君布绿阴，当暑荫轩楹。沉沉绿满地，桃李不敢争。为君发清韵，风来如叩琼。泠泠声满耳，郑卫不足听。受君封植力，不独吐芬馨。助君行春令，开花应晴明。受君雨露恩，不独含芳荣。戒君无戏言，剪叶封弟兄。受君岁月功，不独资生成。为君长高枝，凤凰上头鸣。一鸣君万岁，寿如山不倾。再鸣万人泰，泰阶为之平。如何有此用，幽滞在岩垌？岁月不尔驻，孤芳坐凋零。请向桐枝上，为余题姓名。待余有势力，移尔献丹庭。

　　白居易笔下的紫桐与元稹诗中的桐花一样，亭亭玉立、花叶兼美，却无人欣赏。
　　之后，元稹又作《三月二十四日宿曾峰馆，夜对桐花，

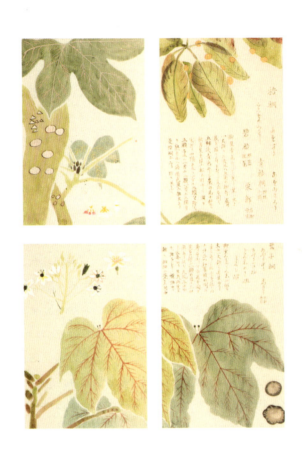

日本江户晚期，岩崎灌园，《本草图谱》，梧桐

寄乐天》：

　　微月照桐花，月微花漠漠。怨澹不胜情，低回拂帘幕。叶新阴影细，露重枝条弱。夜久春恨多，风清暗香薄。是夕远思君，思君瘦如削。但感事暌违，非言官好恶。奏书金銮殿，步屧青龙阁。我在山馆中，满地桐花落。

　　白居易作《初与元九别后，忽梦见之，及寤而书适至，兼寄桐花诗，怅然感怀，因以此寄》：

　　永寿寺中语，新昌坊北分。归来数行泪，悲事不悲君。悠悠蓝田路，自去无消息。计君食宿程，已过商山北。昨夜云四散，千里同月色。晓来梦见君，应是君相忆。
　　梦中握君手，问君意何如。君言苦相忆，无人可寄书。觉来未及说，叩门声冬冬。言是商州使，送君书一封。枕上忽惊起，颠倒著衣裳。开缄见手札，一纸十三行。上论迁谪心，下说离别肠。心肠都未尽，不暇叙炎凉。云作此书夜，夜宿商州东。独对孤灯坐，阳城山馆中。
　　夜深作书毕，山月向西斜。月下何所有，一树紫桐花。桐花半落时，复道正相思。殷勤书背后，兼寄桐花诗。桐花诗八韵，思绪一何深。以我今朝意，忆君此夜心。一章三遍读，一句十回吟。珍重八十字，字字化为金。

　　羁旅途中，难以入眠。山月下，山馆中，只有一树孤独的桐花。看着桐花，想起了好友。这两首诗中，桐花代表着深厚的友谊和真切的思念。

泡桐是我最早熟悉的乔木。幼时，父母在学校附近找农户借地种菜，在田地边沿种了一些泡桐树。他们告诉我，等我出嫁之时，就用泡桐树给我做陪嫁。泡桐树长得很快，我时常去菜地转悠，打量着这棵够不够做一只木箱，思忖着那棵能不能做一个梳妆台。七岁那年搬家后，还托人打听了一次。得知泡桐树被砍了，我很伤心。大人们宽慰我，泡桐不够结实，要用更好的树给我做嫁妆。后来了解到，日本的传统，正是生了女儿，种下泡桐树，等到女儿出嫁时，用木材打出全套嫁妆。

也许因为迷恋缥缈的宿命感，日本人喜爱桐花，后来将这种喜爱转移到了樱花上。桐花如樱花般炽烈，亦如樱花般短促，却不及樱花尊贵。樱花属于贵族，赏樱需要隆重而从容。人们在樱花下饮酒作诗，甚至在夜里为樱花挂上灯笼。待樱花飘落之时，落英缤纷、花瓣翩飞，谓之花吹雪。桐花属于山野，花开花落只是过眼烟云，轰轰烈烈也不过是一场紫色的山洪。

人们曾经试图给桐花加入尊贵的元素。《庄子·秋水》提到，凤凰"非梧桐不止，非练实不食，非醴泉不饮"。唐宋时期，"桐花凤"频频见诸诗词，被赋予祥瑞之意。李德裕《画桐花凤扇赋序》："成都夹岷江，矶岸多植紫桐，每至暮春，有灵禽五色，小于玄鸟，来集桐花，以饮朝露。及华落，则烟飞雨散，不知所往。"苏轼《东坡杂记》："又有桐花凤，四五日翔集其间。此鸟羽毛至为珍异难见，而能驯扰，殊不畏人，闾里间见之，以为异事。"桐花凤罗扇承载了凤栖梧桐的美好想象，曾经风行一时，但桐花不是梧桐的花，桐花凤也不是真的凤凰。

抚琴乃风雅之事，善琴者是精神贵族。桐木是斫琴良材，历来有伏羲削桐为琴的传说，《后汉书·蔡邕传》："吴人有烧桐以爨者，邕闻火烈之声。知其良木，因请裁而为琴，果有美音，而其尾犹焦，时人名曰'焦尾琴'焉。"梧桐和泡桐都质地轻软，适于导音，传世名琴究竟是用梧桐还是泡桐制成，至今争论不休。市场上，泡桐琴价格低廉许多，人们的主流观念不言而喻。

如同世人认为牡丹比芍药尊贵，梧桐也比泡桐尊贵许多。其实，泡桐素淡朴素，跟梧桐不可同日而语，亦没有比较的必要。

桐花气质粗犷，像穿了棉衣的牵牛花，花瓣更壮硕一些，蓄的水汽也更充足一些，往往未及凋萎便已掉落。小时候，某个阴雨天，我百无聊赖，站在窗前，盯着泡桐树光秃秃的枝桠，却见着团团簇簇的紫色花朵随着细雨从屋檐上掉落，宛若置身漫天飞雪。那一场紫色的大雪，是前两日落在屋顶瓦槽里的桐花啊。我第一次知道了，屋檐下的风景，除了冬天悬挂的冰溜子，还有春天里的檐花和檐雨。

气势磅礴的桐花不在庭院，而在山岭。李商隐写过"桐花万里丹山路"，被胡兰成改编了送给张爱玲："桐花万里路，连朝语不息。心似双丝网，结结复依依。"情真意切，却少了恣意豪迈的盛唐意气。

桐花干净朴素、汹涌澎湃，是青春的印记。溪边浣衣的少女会记得，桐花如同浮沫缓缓淌过她的手边；校园里打球的少年会记得，桐花如同落叶悠悠掉落在乒乓球台。客旅途中，白居易与元稹以桐花酬唱，谁说不是在吟咏铅华未染的青春呢。

谷雨赏牡丹：漫漫逆袭封王路

"国色天香绝世姿，开逢谷雨得春迟。"谷雨时节，正逢牡丹盛开，因而有"谷雨三朝看牡丹"之谚。此谚所说，是北国的牡丹。我们所在的南方，花期已近尾声，但各地磅礴的花会仍未结束，以千姿百态的牡丹聚集四面八方的来客，给春天画上一个绚丽的惊叹符。贺铸《剪朝霞》："云弄轻阴谷雨干，半垂油幕护残寒。化工著意呈新巧，剪刻朝霞钉露盘。"赵秉文《五月牡丹》："谷雨曾沾青帝泽，熏风又卷赤城霞。金盘荐瑞休嗟晚，犹是人间第一花。"

牡丹被誉为花中之王。晚唐皮日休《牡丹》："落尽残红始吐芳，佳名唤作百花王。意夸天下无双艳，独立人间第一香。"明清人程羽文在《花月令》中，直呼"牡丹王"。王国维亦有诗云："摩罗西域竞时妆，东海樱花侈国香。阅尽大千春世界，牡丹终古是花王。"李时珍《本草纲目》："群花品中，以牡丹第一，芍药第二，故世谓牡丹为花王，芍药为花相。"

牡丹封王，并非人人认可。清代李渔在《闲情偶寄》写道：

牡丹得王于群花，予初不服是论，谓其色其香，去芍药有几？择其绝胜者与角雌雄，正未知鹿死谁手。及睹《事物纪原》，谓武后冬月游后苑，花俱开而牡丹独迟，遂贬洛阳，因大悟曰："强项若此，得贬固宜，然不加九五之尊，奚洗八千之辱乎？"（韩诗"夕贬潮阳路八千"。）物生有候，葭动以时，苟非其时，虽十尧不能冬生一穗；后系人主，可强鸡人使昼鸣乎？如其有识，当尽贬诸卉而独崇牡丹。花王之封，允宜肇于此日，惜其所见不逮，而且倒行逆施。诚哉！其为武后也。

予自秦之巩昌，载牡丹十数本而归，同人嘲予以诗，有"群芳应怪人情热，千里趋迎富贵花"之句。予曰："彼以守拙得贬，予载之归，是趋冷非趋热也。"兹得此论，更发明矣。艺植之法，载于名人谱帙者，纤发无遗，予傥及之，又是拾人牙后矣。但有吃紧一著，花谱偶载而未之悉者，请畅言之。是花皆有正面，有反面，有侧面。正面宜向阳，此种花通义也。然他种犹能委曲，独牡丹不肯通融，处以南面则生，俾之他向则死，此其肮脏不回之本性，人主不能屈之，谁能屈之？

李渔钦佩牡丹不畏权贵的品质，自此对花中之王心服口服。文中武则天怒贬牡丹至洛阳的故事，虽脍炙人口，却是虚构的传说。事实上，武则天是牡丹的同乡，也是她的贵人。牡丹发于乡野，遇于佛寺，兴于长安，盛于洛阳，最后扬名于天下。

牡丹发于乡野。《神农百草经》："牡丹，一名鹿韭，一名鼠姑，生于山谷。"最初，牡丹无异于野树杂草，被唤作鹿韭、鼠姑。因为花朵像芍药，又是灌木，被称为木芍药。山民往往将其砍掉，当柴火焚烧。只有采药人发现了它，掘根剥皮入药。北宋欧阳修《洛阳牡丹记》："牡丹初不载文字，唯以药载《本草》。然于花中不为高第，大抵丹、延已西及褒斜道中尤多，与荆棘无异，土人皆取以为薪。"

牡丹与芍药同为毛茛科芍药属植物，近来也有学者单列二者为芍药科。牡丹为多年生落叶小灌木，芍药为多年生草本。因此，二者最大的区别在于，冬天牡丹会有老枝干留在地上，而芍药的地上部分完全凋零。花开之时，牡丹与芍药形貌相似。最便捷的区分方法是用叶子做对比。芍药的叶子狭长光滑，牡丹叶子有开叉。

牡丹遇于佛寺。唐代舒元舆《牡丹赋·序》：

> 古人言花者，牡丹未尝与焉。盖遁于深山，自幽而芳，不为贵者所知，花则何遇焉？天后（武则天）之乡，西河也（今山西省汾阳县），有众香精舍（佛寺），下有牡丹，其花特异。天后叹上苑之有阙，因命移植焉。由此京国牡丹，日月寖（寝）盛。

武则天的家乡在并州，她得知离家乡不远的众香寺种有牡丹，将其移植于长安宫苑。另有说法，牡丹栽培早于唐代。有人认为，牡丹栽培始于南北朝。《全芳备祖前集》："牡丹，前史无说。白谢康乐集中始言水间竹际多牡丹，而北齐杨子华有画牡丹极佳，则知此花有之久矣。"也有人认为牡丹栽培始于隋朝。据说炀帝曾辟地二百里为西苑，诏天下进花卉，易州进二十牡丹。无论如何，自唐代起，牡丹已进入人工栽培期。

牡丹兴于长安。唐代，李肇《唐国史补》："京城贵游尚牡丹三十余年矣。每春暮，车马若狂，以不耽玩为耻。"牡丹栽种地由皇宫扩展到私家庭院、寺庙，长安城进入疯狂的牡丹赏玩期。白居易曾作《牡丹芳》："花开花落二十日，一城之人皆若狂。"徐凝有《寄白司马》："三条九陌花时节，万户千车看牡丹。争遣江州白司马，五年风景忆长安。"众人狂热追捧带来的影响，是牡丹价格不断攀升。白居易《买花》："低头独长叹，此叹无人喻。一丛深色花，十户中人赋。"柳浑《牡丹》："近来无奈牡丹何，数十千钱买一颗。今朝始得分明见，也共戎葵不校多。"千金买花并非传闻。唐代康骈《剧谈录》记载，慈恩寺老僧的红牡丹，被人掘走，取花者谓僧曰："窃知贵院旧有名花宅中，咸欲一看，不敢预有相告，盖恐难于见舍。适所寄笼子，中有金三十两，蜀茶二斤，以为酬赠。"偷挖牡丹的行径虽为人不齿，但留下了金三十两，蜀茶二斤，也算对花的真爱了。

盛于洛阳。唐末动乱，长安牡丹消失在历史长河中。但是，牡丹的国色天香已经为天下共知。有赖于部分权贵和僧侣传播，牡丹继续平稳发展。到了宋代，牡丹又一次繁盛起来。宋代都城汴京气候湿润，不适合牡丹生长，人们将目光投向了西京洛阳。洛阳气候环境相宜，是种植牡丹的宝地，赏花活动盛况空前。帝王贵族、文人士子、民间百姓，无不赏花爱花。欧阳修《洛阳牡丹记》："以蜡封花蒂，数日不落。"官员们正是以这种保存方法，将洛阳牡丹进贡到汴京。暮春之时，皇帝召群臣于内苑赏花，赐群臣牡丹，诗酒唱和。王辟之《渑水燕谈录》记载真宗赐花之事：

晁文元公迥在翰林，以文章德行为仁宗所优异，帝以君子长者称之。天禧初，因草诏得对，命坐赐茶。既退，已昏夕。真宗顾左右取烛与学士。中使就御前取烛，执以前导之，出内门，传付从史。后典燕宜春殿，出牡丹百余盘，千叶者才十余朵，所赐止亲王、宰臣。真宗顾文元及钱文禧，各赐一朵。又常侍宴，赐禁中名花。故事，惟亲王、宰臣即中使为插花，余皆自戴。上忽顾公，令内侍为戴花，观者荣之。

宋代男子有戴花的习俗。苏轼两首诗提到年老簪花之事，历尽沧桑依然疏旷洒脱。《座上赋戴花得天字》："清明初过酒阑珊，折得奇葩晚更妍。春色岂关吾辈事，老狂聊作座中先。醉吟不耐欹纱帽，起舞从教落酒船。结习渐消留不住，却须还与散花天。"《吉祥寺赏牡丹》："人老簪花不自羞，花应羞上老人头。醉归扶路人应笑，十里珠帘半上钩。"司马光生性严肃，有些羞赧拘谨，不喜欢戴花，仅簪皇帝所赐之花。司马光《训俭示康》云：

吾本寒家，世以清白相承。吾性不喜华靡，自为乳儿，长者加以金银华美之服，辄羞赧弃去之。二十忝科名，闻喜宴独不戴花。同年曰："君赐不可违也。"乃簪一花。

即便性情端肃，司马光也为名花姚黄痴狂，作《雨中闻姚黄开呈子骏尧夫》："小雨留春春未归，好花虽有恐行稀。劝君披取鱼蓑去，走看姚黄判湿衣。"

洛阳贵族豪门频繁举办花会花宴，广结名流，炫示奇葩。最有影响力的，当为西京太守"万花会"。张邦基《墨庄漫录》："西京牡丹，闻于天下。花盛时，太守作万花会，宴集之所，以花为屏帐，至于梁栋柱栱，悉以竹筒贮水，簪花钉挂，举目皆花也。"民间百姓爱花，就连贩夫走卒也插花。欧阳修《洛阳牡丹记》："洛阳之俗，大抵好花。春时，城中无贵贱，皆插花，虽负担者亦然。花开时，士庶竞为游遨，往往于古寺废宅有池台处，为市井，张幄幕，笙歌之声相闻。"洛阳花市喧嚣繁华。文彦博《游花市示元珍》："去年春夜游花市，今日重来事宛然。列肆千灯争闪烁，长廊万蕊斗鲜妍。交驰翠幰新罗绮，迎献芳樽细管弦。人道洛阳为乐国，醉归恍若梦钧天。"

宋代出现了一批关于牡丹的文章或著作。欧阳修《洛阳牡丹记》、周师厚《洛阳花木记》、张峋《洛阳花谱》，详细记录了百余种牡丹栽培、育种经验，具有重要学术价值。花工研究嫁接技术，不断嫁接出新品种，欧阳修感叹"花百变"。欧阳修《洛阳牡丹图》载：

洛阳地脉花最宜，牡丹尤为天下奇。我昔所记数十种，于今十年半忘之。开图若见故人面，其间数种昔未窥。客言近岁花特异，往往变出呈新枝。洛人惊夸立名字，买种不复论家资。比新较旧难优劣，争先擅价各一时。当时绝品可数者，魏红窈窕姚黄妃。寿安细叶开尚少，朱砂玉版人未知。传闻千叶昔未有，只从左紫名初驰。四十年间花百变，最后最好潜溪绯。

这最后最好的"潜溪绯"，最初由紫花基因突变而来，时人称为"转枝花"。欧阳修《洛阳牡丹记》："潜溪绯者，千叶绯花。出于潜溪寺，寺在龙门山后，本唐相李藩别墅。今寺中已无此花，而人家或有之。本是紫花，忽于丛中特出绯者，不过一二朵，明年移在他枝，洛人谓之转枝花，故其接头尤难得。

欧家碧则由白转绿而成："洛阳花工，宣和中，以药壅培于白牡丹，如玉千叶、一百五、玉楼春等根下。次年，花作浅碧色，号欧家碧。"不仅颜色可转，形态亦可变。单叶、多叶牡丹逐渐变为千叶牡丹。

公认的花中极品，是姚黄和魏紫。欧阳修录钱思公言："人谓牡丹花王，今姚黄真可为王，而魏花乃后也。"姚黄，千叶黄花牡丹，出于姚氏民家；魏紫，千叶肉红牡丹，出于魏仁溥家。宋庠《姚黄》称之为人间绝品："世外无双种，人间绝品黄。已能金作粉，更自麝供香。脉脉翻霓袖，差差剪鹄裳。灵华余几许，遥遗菊丛芳。"姚黄魏紫并称，特指牡丹名品。欧阳修《谢观文王尚书惠西京牡丹》："我时年才二十余，每到花开如蛱蝶。姚黄魏紫腰带鞓，泼墨齐头藏绿叶。"杨万里《题周益公天香堂牡丹》："人间何曾识姚魏，相公新移洛阳裔。呼酒先招野客看，不醉花前为谁醉？"沈周《吴瑞卿染墨牡丹》："吴生又与花传神，纸上生涯春不老。青春展卷无时无，姚家魏家何足道。"元好问《紫牡丹》：

清，恽寿平，牡丹

"金粉轻黏蝶翅匀，丹砂浓抹鹤翎新。尽饶姚魏知名早，未放徐黄下笔亲。"王十朋《点绛唇》："庭院深深，异香一片来天上。傲春迟放，百卉皆推让。忆昔西都，姚魏声名旺，堪惆怅，醉翁何往，谁与花标榜。"紫姑《瑞鹤仙》："姚黄国艳，魏紫天香，倚风羞怯。"

将牡丹誉为国色天香，源于《摭异记》记载的两个典故。李白作《清平调》，以牡丹喻杨玉环美艳：

开元中，禁中初重木芍药，即今牡丹也，得数本红、紫、浅红、通白者。上因移植于兴庆池东沉香亭前，会花方繁开，上乘照夜白，妃以步辇从，诏选梨园弟子，中尤者，得乐十六色。李龟年以歌擅一时之名，手捧檀板，押众乐前，将欲歌之。上曰，赏名花，对妃子，焉用旧乐辞为？遂命龟年持金花笺，宣赐翰林学士李白，立进清平调词三章。白欣承诏旨，犹苦宿醒未解，因援笔赋之，"云想衣裳花想容，春风拂槛露华浓，若非群玉山头见，会向瑶台月下逢。""一枝红艳露凝香，云雨巫山枉断肠，借问汉宫谁得似，可怜飞燕倚新妆。""名花倾国两相欢，长得君王带笑看。解释春风无限恨，沉香亭北倚阑干。"

李正封作《牡丹诗》："国色朝酣酒，天香夜染衣"，使"国色天香"成为牡丹的定评。

太和开成中，有程修己者，以善画得进谒……会暮春，内殿赏牡丹花，上颇好诗，因问修己曰，今京邑传唱牡丹诗，谁为首出。修己对曰，臣尝闻公卿间多吟赏中书舍人李正封诗，曰，国色朝酣酒，天香夜染衣。上闻之，嗟赏移时。杨妃方持恩宠，上笑谓贤妃曰，妆镜台前，宜饮一紫金盏酒，则正封之诗见矣。

牡丹因唐玄宗之贵妃、唐文宗之贤妃获"国色天香"之美名。自此，将牡丹比作美人的诗词典故层出不穷。李商隐《牡丹》："锦帏初卷卫夫人，绣被犹堆越鄂君。垂手乱翻雕玉佩，折腰争舞郁金裙。石家蜡烛何曾剪，荀令香炉可待熏。我是梦中传彩笔，欲书花叶寄朝云。"牡丹品种繁多，不乏以西施、昭君、嫦娥等美人为名。

称赞牡丹"国色天香"的诗词不少。王禹偁《牡丹》："艳绝百花惭，花中合面南。赋诗情莫倦，中酒病先甘。国色浑无对，天香亦不堪。遮须施锦帐，戴好上瑶簪。"苏轼《常润道中有怀钱塘寄述古》："国艳夭娆酒半酣，去年同赏寄僧檐。但知扑扑晴香软，谁见森森晓态严，谷雨共惊无几日，蜜蜂未许辄先甜，应须火急回征棹，一片辞枝可得粘。"钱洪《赏牡丹》："国色天香映画堂，荼蘼芍药避芬芳，日熏绛帻春酣酒，露洗金盘晓试妆。三月繁华倾洛下，千年红艳怨沉香。看花判泥花神醉，莫惹春愁点鬓霜。"辛弃疾《鹧鸪天》："占断雕栏只一株。春风费尽几工夫。天香夜染衣犹湿，国色朝酣酒未苏。娇欲语，巧相扶。不妨老幹自扶疏。恰如翠幕高堂上，来看红衫百子图。"王沂孙《水龙吟》："晓寒慵揭珠帘，牡丹院落花开未。玉栏干畔，柳丝一把，和风半倚。国色微酣，天香乍染，扶春不起。自真妃舞罢，谪仙赋后，繁华梦、如流水。"而最直接的赞美，是刘禹锡《赏牡丹》："庭前芍药妖无格，池上芙蕖净少情。唯有牡丹真国色，花开时节动京城。"将牡丹与芍药、芙蕖对比，其中"真国色"三字，掷地有声地让牡丹坐稳了花王之位。

牡丹之国色，在于花朵硕大繁复、花色明艳妩媚。白居易《牡丹芳》将牡丹比作朝阳彩霞，雍容华贵、灿烂辉煌：

牡丹芳，牡丹芳，黄金蕊绽红玉房。千片赤英霞烂烂，百枝绛点灯煌煌。照地初开锦绣段，当风不结兰麝囊。仙人琪树白无色，王母桃花小不香。宿露轻盈泛紫艳，朝阳照耀生红光。红紫二色间深浅，向背万态随低昂。映叶多情隐羞面，卧丛无力含醉妆。低娇笑容疑掩口，凝思怨人如断肠。秾姿贵彩信奇绝，杂卉乱花无比方。

温庭筠笔下的"牡丹"则饶有情致，娇媚慵懒："水漾晴红压叠波，晓来金粉覆庭莎。栽成艳思偏应巧，分得春光最数多。欲绽似含双靥笑，正繁疑有一声歌。华堂客散帘垂地，想凭阑干敛翠蛾。"

最初，牡丹以红色为佳。《本草纲目》中提到："牡丹以色丹者为上，虽结子而根上生苗，故谓之牡丹。"王维《红牡丹》："绿艳闲且静，红衣浅复深。花心愁欲断，春色岂知心。"即便是红牡丹，也有许多不同的种类，如朱砂红、锦袍红、映日红、彩霞红、鹤翎红、醉胭脂、莲蕊红。

白牡丹素雅端庄，颇具风骨，亦得文人争咏。白居易作《白牡丹》："白花冷淡无人爱，亦占芳名道牡丹。应似东宫白赞善，被人还唤作朝官。"韦庄《白牡丹》："闺中莫妒新妆妇，陌上须惭傅粉郎。昨夜月明浑似水，入门唯觉一庭香。"欧阳修《白牡丹》："蟾精雪魄孕云芰，春入香腴一夜开。宿露枝头藏玉块，晴风庭面揭银杯。"李东阳《镜川先生宅赏白牡丹得白字》："玉堂天上清，玉版天下白。幸从清切地，见此纯正色。露苞春始凝，脂萼晓新坼。"

牡丹之天香，在于浓淡相宜、沁人心脾。《群芳谱》："大凡红白者多香，紫者香烈而欠清。"如同花色之多姿多彩，牡丹花香也纷繁复杂。诗人们形容牡丹花香为暗香、天香、异香、奇香、冷香，百般颜色百般香。暗香，如苏轼《雨中看牡丹》："秀色洗红粉，暗香生雪肤。黄昏更萧瑟，头重欲相扶。"天香，如杨万里《题益公丞相天香堂》："天香染就山龙裳，余芬却染山水乡。青原白鹭万松竹，被渠染作天上香。"奇香，如薛能《牡丹》："迥秀应无妒，奇香称有仙。"冷香，如薛能《牡丹》："浓艳冷香初盖后，好风干雨正开时。"异香，如王贞白《白牡丹》："谷雨洗纤素，裁为白牡丹。异香开玉合，轻粉泥银盘。晓贮露华湿，宵倾月魄寒。佳人淡妆罢，无语倚朱栏。"李山甫《牡丹》："数苞仙艳火中出，一片异香天上来。"

张功甫的牡丹会上，名人雅士齐聚。牡丹异香混合熏香，让豪奢的聚会变得风流缱绻，美妙绝伦。周密《齐东野语》载：

王简卿侍郎尝赴其牡丹会云："众宾既集，坐一虚堂，寂无所有。俄问左右云：'香已发未？'答云：'已发。'命卷帘，则异香自内出，郁然满坐。群妓以酒肴丝竹，次第而至。别有名姬十辈皆衣白，凡首饰衣领皆牡丹，首带照殿红一枝，执板奏歌侑觞，歌罢乐作乃退。复垂帘谈论自如，良久，香起，卷帘如前。别十姬，易服与花而出。大抵簪白花则衣紫，紫花则衣鹅黄，黄花则衣红，如是十杯，衣与花凡十易。所讴者皆前辈牡丹名词。酒竟，歌者、乐者，无虑数百十人，列行送客。烛光香雾，歌吹杂作，客皆恍然如仙游也。"

吟咏牡丹的诗文不胜枚举。流传最广的，莫过于俗语"牡丹花下死，做鬼也风流"。此句大概源于李亢《独异志》："唐裴晋公度寝疾永乐里，暮春之月，忽遇游南园，令家仆僮舁至药栏，语曰：'我不见此花而死，可悲也。'怅然而返。明早，报牡丹一丛先发，公视之，三日乃薨。"裴度重病在床四年，不见牡丹开而不忍死去。直到翌日牡丹花开，裴度赏花之后，才安心离世。裴度对牡丹的不舍，代表人们对世间最美好之物的留恋吧。

我曾见过最热闹的牡丹，在洛阳的牡丹园。那里人山人海，每一朵富丽堂皇的牡丹都有千万双眼睛注目，被千万个镜头捕捉。我曾见过最冷清的牡丹，在外公屋后空地。那里无人问津，除了我们几个捉迷藏的孩子。每一朵清新淡雅的牡丹的宿命，都是掘根剥皮，进入药橱。不是每一朵牡丹，都有遇见贵人，甚至封为花王的幸运。如果遇见了欣赏你的人，请一定要珍惜。

立夏赏芍药：桥边红药为谁生

"谷雨三朝看牡丹，立夏三朝开芍药。"芍药殿春而放，别名婪尾春。初夏时节，牡丹式微，芍药初绽。对牡丹意犹未尽的游人，纷纷前往牡丹园赏芍药。苏轼曾以"多谢化工怜寂寞，尚留芍药殿春风"，道出怜花惜春之意。

芍药种类繁多，根据形态，大致可分为两类。一是单花类，花朵由单朵花构成，花瓣向心式自然增加，雄蕊只着生于子房周围，随花瓣增多而相应减少直至消失。单花类包括单瓣型、荷花型、蔷薇型等。二是台阁类，由花朵中心或者花间之生长点经再次分化花芽开花而成。在下方花朵中心再形成一朵上方花，上方花与下方花相叠合，从而增加了重瓣程度，有些品种甚至由三花乃至四花叠合而成。台阁类包括彩瓣台阁型、分层台阁型、球花台阁型等。

芍药自古以药为名，花即是药，且是重要的药材。《本草纲目》："制食之毒，莫良于芍，故得药名，亦通。"《和剂局方》中，芍药与当归、川芎、熟干地黄搭配为"四物汤"，可治肝血亏虚。《景岳全书》中，芍药与黄芩、黄柏、续断等搭配为"保阴煎"，可治血虚有热。《伤寒论》药方逾百，用芍药者约占总数的三分之一，如四逆散、葛根汤、桂枝汤、当归四逆汤、芍药甘草汤等。白芍具有养血柔肝、缓急止痛等功效，至今仍被广泛运用于治疗心脑血管、肝脏疾病。

芍药既可医身，还可治心。传说中，花神从仙界采集芍药花种子，治疗人间瘟疫。古希腊神话里，医药之神阿斯克勒庇俄斯（Asclepius）有个医术高明的徒弟派翁（Paeon），成功医治了战神阿瑞斯和冥王哈迪斯。阿斯克勒庇俄斯心生嫉妒，准备杀掉派翁。哈迪斯为了保护派翁，将其变成了一株芍药花。

除了治病救人的功效，更多时候，芍药因出众的美丽为人铭记传诵。《广群芳谱》载："《本草》曰，芍药，犹婥约也，美好貌，此草花容婥约，故以为名。"芍药的绰约之美，包涵了丰富的文化意象。世人称牡丹、芍药二绝，其中牡丹为"花王"，芍药为"花相"。芍药被称为"花相"，还有一段"四相簪花"的故事。

沈括《梦溪笔谈》云：

韩魏公庆历中以资政殿学士帅淮南。一日，后园中有芍药一干分四岐，岐各一花，上下红，中间黄蕊间之。当时扬州芍药，未有此一品，今谓之"金缠腰"者是也。公异之，开一会，欲招四客以赏之，以应四花之瑞。时王岐公为大理寺评事通判，王荆公为大理评事签判，皆召之，尚少一客，以判钤辖诸司使官最长，遂取以充数。明日早衙，钤辖者申状暴泄不止，尚少一客，命取过客历，求一朝官足之。过客中无朝官，唯有陈秀公时为大理寺丞，遂命同会。至中筵，剪四花，四客各簪一枝，甚为盛集。后三十年间，四人皆为宰相。

当时只有宰相穿红色官袍、系金色腰带。因此，坊间传说，出现了"金带围"，当地就有人升官，乃至当宰相了。

作为"花相"，芍药俨然是一花之下、万花之上的权贵。前些年流行宫廷剧，人们又将牡丹比作端庄的皇后，将芍药比作妖娆的妃子。实际上，将芍药比作大权在握的宰相，抑或是皇帝宠爱的贵妃，都不甚妥当。在中国传统文化长河中，芍药的意象大多与权力无涉，与恩宠无关。如果说牡丹身居庙堂之高，芍药则身处江湖之远。有人说，中国的芍药类似于西方的玫瑰，象征着浪漫。其实，芍药的浪漫，是广义的浪漫，不仅限于爱情。芍药的意味，包含了知音难觅、别离伤怀，包含了逍遥与洒脱、独立与淡泊，正是历代文人追寻的魏晋风骨。

芍药文化历史悠久。王禹偁《芍药诗并序》："百花之中，其名最古。"郑樵《通志略》："芍药著于三代之际，风雅之所流咏也。"在最古老的夏、商、周三代，芍药已著称于世。虞汝明《古琴疏》："帝相元年，条谷贡桐、芍药。帝命羿植桐于云和，令武罗伯植芍药于后苑。"帝相是夏代第五位君王。郑樵、虞汝明为宋人，所记皆源于考据传说。

芍药频见于先秦古籍中。《山海经》多次提到芍药生长地点："条谷山，其草多芍药。"《诗经》则最早记录了有关芍药的风俗。《诗经·国风·溱洧》："洧之外，洵订且

清，邹一桂，藤花芍药，轴

乐。维士与女，伊其将谑，赠之以勺药。"先秦时期，人们思想尚未被礼教束缚，大多热情浪漫，其中郑国民风尤为开放。每年上巳节，青年男女聚在溱、洧两水之上嬉戏游玩，打闹调笑之余，互相赠送芍药。自此，芍药被赋予了定情、赠别之意。

作为赠别之物，芍药又名将离、离草。《韩诗外传》："芍药，离草也。"崔豹《古今注》："古人相赠以芍药，相招以文无。文无一名当归，芍药，一名将离故也。"古人含蓄，常常以药寄情。离别时，赠之以芍药；相招时，寄之以当归；拒返时，回之以远志。离别之时以芍药相赠，大抵如同折柳吧。元稹《忆杨十二》："去时芍药才堪赠，看却残花已度春。只为情深偏怆别，等闲相见莫相亲。"

自宋以降，扬州芍药享誉盛名。扬州的芍药，恰如洛阳的牡丹。汪灏《广群芳谱》：

一名余容，一名铤，一名犁食，一名将离，一名婪尾春，一名黑牵夷，广雅作挛夷。《本草》曰，芍药，犹婥约也，美好貌，此草花容婥约，故以为名。处处有之，扬州为上，谓得风土之正，犹牡丹以洛阳为最也，白山、蒋山、茅山者俱好。

李时珍《本草纲目》："昔人言洛阳牡丹、扬州芍药甲天下。今药中所用，亦多取扬州者。"扬州太守蔡繁卿曾在芍药盛开时，用花十余万枝举办万花会。苏东坡到扬州就任，认为万花会扰民，万花会从此停办了。对芍药的品种分类，亦起于宋代。宋代《芍药谱》《鲜芳谱》《扬州芍药谱》中，芍药品种大约三十多个。至清乾隆时，扬州芍药品种达百余个，不乏"杨妃吐艳""金玉交辉"等名品。如今，芍药品种已发展至千余。芍药也如同牡丹，实现了红、黄、白、粉、蓝、黑、紫、绿、复九大色系的完整系统。

扬州是多情之地、温柔之乡。天下月色三分，有二分属于扬州。扬州文人雅士聚集，风尘女子为伴，留下诗词无数，其中姜夔《扬州慢》传唱千古："二十四桥仍在，波心荡冷月无声。念桥边红药，年年知为谁生？"桥边的红芍药，犹如与他住在赤阑桥边的初恋情人。相伴数年，分别后怀念二十年，人生四分之一的词为她而写，虽终为陌路人，何尝不是一种浪漫的精神寄托呢？

芍药的浪漫风雅，还可见于《红楼梦》中醉眠花下的史湘云。《红楼梦》第六十二回"憨湘云醉眠芍药"：

果见湘云卧于山石僻处一个石凳子上，业经香梦沉酣，四面芍药花飞了一身，满头脸衣襟上皆是红香散乱，手中的扇子在地下，也半被落花埋了，一群蜂蝶闹穰穰的围着他，又用鲛帕包了一包芍药花瓣枕着。众人看了，又是爱，又是笑，忙上来推唤挽扶。湘云口内犹作睡语说酒令，唧唧嘟嘟说："泉香而酒冽，玉盏盛来琥珀光，直饮到梅梢月上，醉扶归，却为宜会亲友。"

此情此态，旷达洒脱，实乃晋人之风。

（捌）

小满赏栀子：栀子同心好赠人

小满时节，正值毕业季。初夏的风是醉人的，校园的空气里流淌着恬静的气息。下课铃声响起，三三两两的姑娘捧着书本结伴而行。阳光洒在林荫道上，也洒在她们的笑脸上。风拂影动，扬起她们的裙角，带来浓郁却清甜的香味。在路边花坛中寻找香味来源，可以觅得几丛饱满的白色小花，那便是栀子了。

栀子是夏天降临的一场雪，高洁清雅，不染俗尘。南朝梁文帝萧纲《咏栀子花》："素华偏可憙，的的半临池。疑为霜里叶，复类雪封枝。日斜光隐见，风还影合离。"栀子花就像是枝叶上覆盖的霜雪。明朝诗人黄朝荐亦有《咏栀子花》："兰叶春以荣，桂华秋露滋。何如炎炎天，挺此冰雪姿。松柏有至性，岂必岁寒时。幽香无断续，偏于静者私。"兰桂只生长于春秋，栀子却以冰雪之姿绽放于盛夏，堪比寒冬苍翠的松柏。

栀子花有两种。一种是单瓣栀子，又称小叶栀子、水栀子。古人将栀子花比作冰雪，除去颜色相类，也因其花瓣共有六枚，恰如雪花六出。另一种是重瓣栀子，又称大叶栀子、白蟾。重瓣栀子属于变种，花朵繁复，适宜观赏。今人栽种的，大多是重瓣栀子。

栀子名薝蔔，源于佛书。据说，因其色泽纯白，香气平和，可用以佛前焚香。五代韩熙载对花焚香，曾言："含笑宜麝，薝卜宜檀。"宋代王十朋《薝蔔》："禅友何时到，远从毗舍园。妙香通鼻观，应悟佛根源。"南宋董嗣杲《栀子花》亦有："方林园里谁曾赏，薝蔔坊中自可禅。明艳倚娇攒六出，净香乘烈袅孤妍。"栀子被称为禅客，见于元代程棨《三柳轩杂识》。在此之前，宋人曾端伯有"花中十友"的说法，称"兰花芳友、梅花清友、腊梅奇友、瑞香殊友、莲花净友、栀子禅友、菊花佳友、桂花仙友、海棠名友、荼蘼韵友"。李时珍不确信曾端伯的说法，在《本草纲目》写道："佛书称其花为薝卜，谢灵运谓之林兰，曾端伯呼为禅友。或曰薝卜金色，非栀子也。"他听人说，薝卜的花是金黄的，而栀子花是雪白的，也许薝卜并不是栀子。

栀子花虽非金黄，果实里提炼出的色素却可以将织物染成黄色。《史记》："千亩栀茜，其人与千户侯等。"栀子与茜草，是当时重要的染料。若拥有千亩栀茜园，就与千户侯不相上下了。栀茜园甚至有专人守护："栀子守护者，置吏一人。"雪白的栀子花，果实可提炼黄色染料"栀黄"；红色的栀子花，果实提炼的红色染料为"赭红"。不过，红色的栀子花很少见。《花镜》记载，后蜀孟昶园中有红栀子："昔孟昶十月宴芳林园，赏红栀子花……其花六出而红，清

粉針攢簇縈
羅囊春滿南
枝蘊暗香瓊
榭曼陀舒皓
質離奇璀燦
寶華揚

清，董诰，瑤圃先春，册，红梅栀子花

香如梅。"鲁迅在《秋夜》中写道："猩红的栀子开花时，枣树又要做小粉红花的梦。"

栀子又作"卮子"。李时珍《本草纲目》："卮，酒器也。卮子象之，故名。俗作栀。"因果实与古代名为"卮"的盛酒器皿相似，栀子花得其名。栀子以酒器为名，或许还因为，栀子花的香气浓烈醇厚，恰如甜蜜的酒香。

没有人能够拒绝栀子花的芬芳。明代画家沈周《栀子花》："雪魄冰花凉气清，曲栏深处艳精神。一钩新月风牵影，暗送娇香入画庭。"潜入画室的一缕幽香，亦能扣人心弦。明代画家陈淳《栀子》："竹篱新结度浓香，香处盈盈雪色妆。知是异方天竺种，能来诗社搅新肠。"陈淳又有《栀子》："薝萄花开日，园林香雾浓。要从花里去，雨后自扶筇。"唐代《四川志》："家至万株，望如积雪，香闻十里。"万株栀子齐开，香得声势浩大。盛放的栀子花皓白纯净，在文人眼中，是有香气的积雪。

万株栀子花如同积雪，一朵栀子花便是一朵雪花。《韩诗外传》："凡草木花多五出，雪花独六出。"常见的植物花朵为五瓣，雪花六瓣，恰巧栀子花也是六瓣。段成式《酉阳杂俎》："诸花少六出者，唯栀子花六出。"因栀子花白似雪，又花开六瓣，诗人频将其喻为雪花。释居简《千叶栀子花》："一花分六出，千叶是重台。"张镃《风入松》："芳丛簇簇水滨生。勾引午风清。六花大似天边雪，又几时、雪有三层。明艳射回蜂翅，净香薰透蝉声。"

虽同为六瓣，但栀子花瓣厚重，不似雪花轻盈。韩愈《山石》："山石荦确行径微，黄昏到寺蝙蝠飞。升堂坐阶新雨足，芭蕉叶大栀子肥。"栀子花枝叶肥厚壮硕，花香也格外浓郁。

汪曾祺《夏天》：

> 凡花大都是五瓣，栀子花却是六瓣。山歌云："栀子花开六瓣头。"栀子花粗粗大大，色白，近蒂处微绿，极香，香气简直有点叫人受不了，我的家乡人说是："碰鼻子香。"栀子花粗粗大大，又香得掸都掸不开，于是为文雅人不取，以为品格不高。栀子花说："去你妈的，我就是要这样香，香得痛痛快快，你们他妈的管得着吗！"

其中提到的山歌是这样唱的："栀子花开六瓣头，情哥哥约我黄昏头。日长遥遥难得过，双手扳窗看日头。"

栀子又名"同心花"，常用来代表爱情和友情。南朝刘令娴《摘同心栀子赠谢娘因附此诗》："两叶虽为赠，交情永未因。同心何处恨，栀子最关人。"此后，诗人频频将栀子与同心相关联。唐代刘禹锡有《和令狐相公咏栀子花》："蜀国花已尽，越桃今已开。色疑琼树倚，香似玉京来。且赏同心处，那忧别叶催。佳人如拟咏，何必待寒梅。"越桃是栀子花的别名。唐代唐彦谦有《离鸾》："庭前佳树名栀子，试结同心寄谢娘。"唐代韩翃《送王少府归杭州》："葛花满把能消酒，栀子同心好赠人。"宋代赵彦端《清平乐·席上赠人》："与我同心栀子，报君百结丁香。"

现今，"栀子同心"的说法不太多见了。但在校园里，依然可见到一对对年轻的恋人，手牵手在售卖栀子花的推车前停下挑拣。新鲜的绿叶衬着瓷白的花朵。一簇盈盈可握的栀子花，不过两三块钱，比玫瑰便宜许多，也许更能代表初恋的情谊。也有背着书包去往自习室的女孩子，买一把栀子花放在课桌上，给苦读的日子增添一些恬适。

小满时节，世间万物逐渐丰茂。植物小得盈满，那是有形的果实；人们的辛劳也小得盈满，那是无形的果实。怀有希冀是美好的，二十四节气里，有"小满"无"大满"。千百年来，人们念念不忘的，正是栀子花盛开的青春岁月。

（玖）

芒种赏杜鹃：杜鹃花落杜鹃啼

芒种来临，农忙时间到了。此时，长江流域的农民尤其忙碌，夏熟的庄稼要收获，秋收的庄稼要播种，"栽秧割麦两头忙"。仲夏的山野里，时而可听见杜鹃鸟的叫声。它的声音清脆而短促，富有穿透力，文人听来是"不如归去"，农人听来却是"布谷布谷"。

杜鹃鸟飞过的地方，盛开杜鹃花。春天的杜鹃花凋谢了，夏天的杜鹃花又绽放。杜鹃花鸟同名，源自杜鹃啼血的传说。

古蜀国望帝杜宇，本是受人爱戴的君王。当时洪水泛滥，一个叫鳖灵的人，死而复生凿穿巫山，引水流出，立下大功，杜宇禅位于他。鳖灵施以暴政，杜宇悲愤，化鸟啼鸣，叫声凄惨，直至啼血。鲜血落地为花，便是鲜红的杜鹃花。

悲苦的传说引得诗人慨叹连连。吴融《送杜鹃花》："春红始谢又秋红，息国亡来入楚宫。应是蜀冤啼不尽，更凭颜色诉西风。"韩偓《净兴寺杜鹃一枝繁艳无比》："一园红艳醉坡陀，自地连梢簇蒨罗。蜀魂未归长滴血，只应偏滴此丛多。"杨万里《晓行道旁杜鹃花》："泣露啼红作麼生？开时偏值杜鹃声。杜鹃口血能多少？不是征人泪滴成。"

杜鹃鸟又名"谢豹鸟"。陆游《老学庵笔记》："吴人谓杜宇为谢豹。杜宇初啼时，渔人得虾曰'谢豹虾'，市中卖笋曰'谢豹笋'。唐顾况《送张卫尉诗》曰：'绿树村中谢豹啼。'若非吴人，殆不知谢豹为何物也。"

杜鹃花种类繁多。全世界有近千种杜鹃花，我国有五百余种。欧美国家的杜鹃花大部分由我国引入。英国人傅利斯在云南砍倒了一株高达25米的大树杜鹃，公开陈列在大英博物馆，引起了轰动。他曾七八次出入我国深山，采集了三百余杜鹃新种，带到欧洲后培育出了数不尽的杜鹃新种。杜鹃因种类繁多，不易形成统一的分类标准。当前，人们主要按花期或来源进行分类，互有交叉。

春鹃主要指一部分由日本引入中国的杂种杜鹃，于四五月开花，被称为春鹃。春鹃耐寒，颜色丰富，常用于城市绿化带。春鹃中的大叶大花主要指毛鹃，一部分小叶小花是东鹃。东鹃是日本石岩杜鹃的变种及杂交后代，植株低矮，花、枝、叶均纤细，开花繁密，几乎不见枝叶只见花。不耐强光，可露地种植。西鹃是由欧美杂交的园艺栽培品种，故称西洋鹃，又称西鹃。西鹃难养，适应性、抗病性都较差，只适合盆栽，夏季要适当遮荫，冬季要保暖。叶片大小居春鹃中毛鹃与东鹃之间，叶面毛少。夏鹃五六月开花，株形低矮，树冠丰满，可以盆栽，也可以在蔽荫条件下地栽。因其发枝力特强，耐修剪，可以修剪为伞形，庭院里的杜鹃花很多都是这个品种。

《广群芳谱》记载："杜鹃花，一名红踯躅，一名山石榴，一名映山红，一名山踯躅。"将杜鹃称作山石榴的古诗不少。杜牧《山石榴》凸显了山石榴的明艳热烈："似火山榴映小山，繁中能薄艳中闲。一朵佳人玉钗上，只疑烧却翠云鬟。"白居易钟爱山石榴，《山石榴花十二韵》写出了繁盛之美：

晔晔复煌煌，花中无比方。艳天宜小院，条短称低廊。本是山头物，今为砌下芳。千丛相向背，万朵互低昂。照灼连朱槛，玲珑映粉墙。风来添意态，日出助晶光。渐绽胭脂萼，犹含琴轸房。离披乱剪彩，斑驳未匀妆。绛焰灯千炷，红裙妓一行。此时逢国色，何处觅天香？恐合栽金阙，思将献玉皇。好差青鸟使，封作百花王。

白居易任江州司马，从山下移栽了杜鹃花，给元稹寄诗《山石榴寄元九》：

山石榴，一名山踯躅，一名杜鹃花，杜鹃啼时花扑扑。九江三月杜鹃来，一声催得一枝开。江城上佐闲无事，山下劚得厅前栽。烂熳一阑十八树，根株有数花无数。千房万叶一时新，嫩紫殷红鲜曲尘。泪痕裛损燕支脸，剪刀裁破红绡巾。谪仙初堕愁在世，姹女新嫁娇泥春。日射血珠将滴地，风翻火焰欲烧人。闲折两枝持在手，细看不似人间有。花中此物似西施，芙蓉芍药皆嫫母。奇芳绝艳别者谁，通州迁客元拾遗。拾遗初贬江陵去，去时正值青春暮。商山秦岭愁杀君，山石

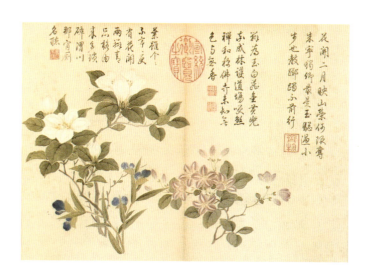

清，董诰，夏花十帧，册，杜鹃栀子

榴花红夹路。题诗报我何所云，苦云色似石榴裙。当时丛畔唯思我，今日栏前只忆君。忆君不见坐销落，日西风起红纷纷。

为了盛赞山石榴的美艳，诗人拿芙蓉芍药做对比："花中此物似西施，芙蓉芍药皆嫫母。"杜鹃因此得到了"花中西施"的美名。白居易素来爱花，褒杜鹃而贬芙蓉、芍药，足见喜爱之甚。

杜鹃又被称为踯躅，意为犹豫徘徊，只因许多种类的杜鹃花都有毒性。黄踯躅毒性最大，可使人畜麻醉、步履蹒跚，传说中可制成蒙汗药，用量大了甚至致命。《本草纲目》："羊食其叶，踯躅而死，曾有人以其根入酒饮，遂至于毙也。"杜鹃花种类繁多，无毒的也不少，嚼着酸甜可口，很受小孩子欢迎。

高山杜鹃蔚为壮观。山中的杜鹃，不是"花中西施"，而是"花中侠士"。我的家乡在三峡岸边的高山上，正是野生杜鹃花的故乡。那儿的人们忙于生计，少有侍弄花草的雅趣，每年的春光，都是被杜鹃花唤回的。春寒料峭，田野山林间大片杜鹃花苏醒，红的、紫的、粉的、白的，先是团团簇簇，继而铺天盖地，宛若抖落的云霞，热闹至极，绚烂至极。

杜鹃花期较长。放学后，我们几个女孩子在花丛中溜达一圈，折上几枝含苞待放的杜鹃花，养在清水里，接下来的十天半个月，就可静待花开了。

我曾在一树高大的白杜鹃下避雨。它的枝桠遒劲有力，仿佛撑起了一个凉亭；花瓣晶莹透亮，仿佛无数个细小的瓦片。树下的空气是湿润的，更是芬芳的。被雨水淋湿的我，心情是愉悦的。后来，在城市里看见绿化带里的杜鹃、盆景里的杜鹃，既觉得亲切，又替它们委屈——盆中花犹如笼中鸟，美则美矣，少了生命力。我想，李白写下《宣城见杜鹃花》时，或有同感吧："蜀国曾闻子规鸟，宣城还见杜鹃花。一叫一回肠一断，三春三月忆三巴。"

野生杜鹃的生命力顽强。以前，流行"枯枝开花"，在网上买来枯枝，将其插在水中，待其开花。那"枯枝"实为野生兴安杜鹃的休眠枝。野生兴安杜鹃生长十分缓慢，一年仅能生长十厘米左右，过度采伐会对其造成威胁，因此专家呼吁人们手下留情。

夏至赏萱草：幸有萱草可忘忧

夏至是全年白昼最长的一天。夏至前后，天气多变，暑雨交加。人们忙碌于防汛防火之时，乡野的萱草花静静开放了。山涧旁，池塘边，萱草亭亭玉立，橘红的花朵状若百合，朝开暮落，寂寂无声。在传统文化中，萱草意蕴丰富，有忘忧、宜男之意，也可象征母亲。

萱草忘忧的说法，源于诗经。《诗经·卫风》："伯兮朅兮，邦之桀兮。伯也执殳，为王前驱。自伯之东，首如飞蓬。岂无膏沐，谁适为容？其雨其雨，杲杲出日。愿言思伯，甘心首疾。焉得谖草？言树之背。愿言思伯，使我心痗！"谖草就是萱草，"谖"字有忘记之意。丈夫征战未归，思妇愿以萱草忘忧。嵇康《养生论》："合欢蠲忿，萱草忘忧，愚智所共知也。"既然愚智共知，自晋代起，萱草忘忧的说法，就已经广泛流传了。

不少诗文记载"萱草忘忧"之说。李白《送鲁郡刘长史迁弘农长史》诗："托阴当树李，忘忧当树萱。"白居易《酬梦得比萱草见赠》将萱草与杜康并列："杜康能散闷，萱草解忘忧。"古代妇人鲜少外出，独居于家中，不免思念远方的亲人，征战的丈夫、考功名的儿子、远嫁的女儿……萱草忘忧，大概因为姿容清秀，香味清淡，又适合栽种于庭院。

萱草花色泽鲜艳，花瓣修长，亭亭玉立，舒展优美。阳休之《咏萱草》道出萱草之柔美："开跗幽涧底，散采曲堂垂。优柔清露湿，微穆惠风吹。"谢惠连《塘上行》道出萱草之秀丽："芳萱秀陵阿，菲质不足营。幸有忘忧用，移根托君庭。"苏轼《和子由记园中草木十一首》绘出了萱草灵秀挺拔的姿容："萱草虽微花，孤秀能自拔。亭亭乱叶中，一一劳心插。"微小的萱草，消解了无边的愁绪。

萱草花香有"少女风"之美誉。李峤《萱草》："屣步寻芳草，忘忧自结丛。黄英开养性，绿叶正依笼。色湛仙人露，香传少女风。还依北堂下，曹植动文雄。"俞允文《谖草赋》："总修茎兮，绿若翠羽腾绿波；舒丛葩兮，灼若雕霞晃朝日。引崇兰而泛景，转芳蕙而凝碧。香摇少女之风，露湛仙人之液。"萱草花香轻盈飘逸，如同少女般柔美自然。

萱草可赏玩，亦可入馔。李九华《延寿书》："嫩苗为蔬，食之动风，令人昏然如醉，因名忘忧。"食用萱草，如同醉酒，可以让人精神兴奋，忘却烦恼。医家分析了萱草忘忧的原因。李时珍《本草纲目》："苗花味甘、性凉、无毒，治小便赤涩、身体烦热，除酒疸，消食，利湿热。作菹，利胸膈、安五脏、令人欢乐无忧，轻身明目。"《六家诗名物疏》："萱味甘而无毒，主安五藏，利心志，令人好欢乐无忧，轻身明目。"安神去躁、静心明目，所以令人欢乐无忧。

清，李秉德，临张伟花果鱼鸟，册，萱花百合

论其功效，"宜男"比"忘忧"更为神奇。据传，女子佩戴萱草，必生男孩。《风土记》："宜男，草也，高六尺，妊妇佩之，必生男。"在古代，绵延香火是家族大事，为夫家传宗接代是女子的重要任务。但佩戴萱草生男孩并无科学依据，有人质疑。谢肇淛《五杂俎》："宜男，自汉相传至今，未见其有明验也。"李渔《闲情偶寄》中，以夸张的口吻否认："佩此可以宜男，则千万人试之，无一验者。书之不可尽信，类如此矣。"

佩戴萱草未必生男孩，萱草象征母亲的意义却保留了下来。在古代，北堂是主妇的居室，常用于指代母亲。孟郊《游子诗》："萱草生堂阶，游子行天涯。慈亲倚堂门，不见萱草花。"将萱草与母亲同列诗中。家铉翁《萱草篇》明确了以萱代母、以萱乐母、以萱祝母之意：

诗人美萱草，盖谓忧可忘。人子惜此花，植之盈北堂。庶以悦亲意，岂特怜芬芳。使君有慈母，星发寿且康。晨昏谨色养，彩服戏其傍。燕喜酌春酒，欢然醽金觞。物理似有助，丛萱忽非常。竞吐粟玉艳，欲夺金芝光。秀本自稠叠，骈枝亦荧煌。乃知风人意，比兴宜成章。东野情思苦，少忧多悲伤。谓此儿女花，莫能解刚肠。斯言虽有激，疑其未通方。忧心无时已，徒枉憔悴乡。寓物傥适意，何须动悲凉。况复循吏政，和声入封疆。抚俗时用义，事亲日尤长。萱草岁岁盛，此乐安可量。

椿有长寿之意，椿萱并用指父母。牟融《送徐浩》："知君此去情偏切，堂上椿萱雪满头。"

萱草与黄花菜容易混淆。它们是近亲，同科同属，却非一物。一般来说，萱草为橘红色，虽可食用，主要用于观赏。黄花菜为浅黄色，主要用于食用。新鲜的萱草和黄花菜都含秋水仙碱，直接食用会中毒，须得开水焯过。

童年春天，我们沿着山间小道去外婆家。暮春初晨，山林有薄雾环绕，田野里有淡淡云影，沿途景致清新明澈。我在溪旁寻了几枝萱草，找玻璃瓶养起来，作案头清供。离饭点还早，外婆提前给我舀了一碗汤。柴火在灶膛噼里啪啦炸裂，黄花菜在唇齿间留香，萱草花在瓶里微微颤动，仿佛一盏盏叮叮作响的风铃。那样单纯美好的场景，在不经意间铭刻在我的记忆里。

上初中后，妈妈调去了很远的学校，周末才回来。冬日黄昏，我和同学在家做完作业，许久不见妈妈回来，准备出去找吃的。茫茫夜色中，妈妈风尘仆仆地回来了。她很快做了几样小菜。有苕粉坨坨、洋芋丝丝、汤里有我喜欢的黄花菜。我和同学大快朵颐，妈妈却不动筷子，只说不饿。同学提醒我："你妈妈嘴巴有点不对劲。"我仔细看，妈妈口中赫然一个黑窟窿。原来，她帮学生补课，错过了末班车。为了赶回家做饭，她追着车跑，摔掉了两颗门牙。妈妈不好意思地笑着："没关系，嘴巴冻木了，不痛。"我却看见了灯光下，她鬓边新生的一簇白发。那几年，家里境况不佳，她衰老的速度特别快。

工作后，我抽假期陪父母健身、旅行。亲友们都说，妈妈精神焕发，看上去年轻了许多。

萱草花开一日，朝开暮落，就像母亲们短暂的青春。她们为生计奔忙，为家庭操劳，始终想着给孩子免去烦恼。愿我们长大后，也能成为母亲的忘忧草，帮她们解愁思困顿，忘心忧神伤。

小暑赏石榴：五月榴花照眼明

介绍过"山石榴"杜鹃花，该写真正的石榴花了。总以为，世间的美好之物，都有与其匹配的描述，比如，如云似霞形容杜鹃花，如火如荼形容石榴花。

被称为石榴的有两种植物，一为安石榴，另一为番石榴，果实均可食用。通常说的石榴是安石榴，石榴科石榴属，又称若榴、丹若、金罂等。浆果球形，顶端有宿存花萼裂片，果皮厚。外种皮肉质半透明，多汁，内种皮革质，种子数多。番石榴，桃金娘科番石榴属，俗称芭乐、那拔仔。浆果球形、卵圆形或梨形。

安石榴的名字来源，有两种说法。一种说法源于《金罂花联句》："凡植榴者须安僵石枯骨于根下，即花实繁茂。则安石之名义或取此也。"为了花实繁茂，需安埋僵石、枯骨在石榴树根下，所以称作安石榴。另一种说法更为主流，安石榴是汉代张骞出使西域带回来的。安石榴究竟产自西域何地，尚有分歧。有说产自大夏，有说产自涂林，也有说产自安石国。李善注引《博物志》："张骞使大夏得石榴。"但现存《博物志》中，并无此条。石榴来自涂林的说法源于《齐民要术》："张骞为汉使外国十八年，得涂林。涂林，安石榴也。"安石榴产自安石国的说法最为流行。元稹《感石榴二十韵》："何年安石国，万里贡榴花。"有人解释，安石国分别指布哈拉的安国和塔什干石国，今属乌兹别克斯坦。也有人分析，安石国实为安息国，今属伊朗。

石榴由西域引入，初时被视为奇树灵葩，文人赋咏，不离"奇"字。潘尼《安石榴赋》："安石榴者，天下之奇树，九州之名果。"张载《安石榴赋》："有石榴之奇树，肇结根于西海，仰青春以启萌，晞朱夏以发采。"张协《安石榴赋》："嗟英奇于若榴，耀灵葩于三春，缀霜滋于九秋。"夏侯湛《石榴赋》："览华圃之嘉树兮，羡石榴之奇生。滋玄根于夷壤兮，擢繁干于兰庭。"

石榴花开于初夏。此时众芳芜秽，唯有榴花艳光灼目，给人带来强烈的视觉冲击。诗人们用各种璀璨之物比拟。有人将榴花比作珊瑚，然而珊瑚"未足比光辉"。李白《咏邻女东窗海石榴》："鲁女东窗下，海榴世所稀。珊瑚映绿水，未足比光辉。"有人将榴花比作炽艳云霞。桑调元《瞻园榴花歌》："薰风一嘘离火迸，狂花万朵烧霞暾。泼以大雨转烘炽，横空烁烁明朝昏。"高一麟《咏榴花》："五月新榴带露华，娇英的历灿朝霞。"张廷玉《石榴》："热火烧红锦，寒烟障绿罗。"刘克庄《池上榴花一本盛开》："绿阴蔽朝曦，朱艳夺暮霞。"

石榴花的红色极正。苏东坡有诗："石榴有正色，玉树真虚名。"榴花鲜艳的红色，极容易让人联想到火焰。有关榴花的诗词，最有名的一句是"五月榴花照眼明"。这句诗，一说是韩愈写的，另一说是朱熹写的。无论出自谁的妙笔，都令人惊叹地道出了榴花灼目的光芒。榴花仿佛一簇明亮的火焰，把你从春末夏初的慵懒里唤醒，投入到盛夏的无尽热情里。将石榴比作火焰的诗词不少。饶有趣味者，有元代张弘范的《榴花》："猩血谁教染绛囊，绿云堆里润生香。游蜂错认枝头火，忙驾薰风过短墙。"蜜蜂将榴花错认为树枝着火，赶紧乘风匆匆飞过了墙头。火焰也有大小之分。傅玄《石榴赋》将榴花比作朝阳喷火，烛龙吐光："其在晨也，灼若旭日栖扶桑；其在昏也，奭若烛龙吐潜光。"

石榴罕见且美艳，江淹《石榴赋》称其为"美木艳树"："美木艳树，谁望谁待？缥叶翠萼，红花降采。"正因为美艳非常，令人怀疑它并非源自西域，而是西王母庭院。王禹偁《咏石榴花》："王母庭中亲见栽，张骞偷得下天来。谁家巧妇残针线，一撮生红熨不开。"最后一句，写得极为形象，不仅道出了石榴花的颜色，还生动地描绘出石榴花的质地。花开时颜色艳丽，花瓣上布满了褶皱，仿佛熨不开的印痕。

细心的诗人们注意到了榴花与众不同的质地。薛季宣《石榴花》："国色宜炎夏，宫装染绛纱。"榴花轻薄柔软，宛若红艳的轻纱。苏轼《贺新郎·夏景》："石榴半吐红巾蹙。待浮花、浪蕊都尽，伴君幽独。"半开的榴花仿佛一簇红色的纱巾。元稹《感石榴二十韵》："新帘裙透影，疏牖烛笼纱。"轻灵隐约，如裙影灯纱。

"石榴裙"的说法由来已久。早在南北朝，诗人何思澄

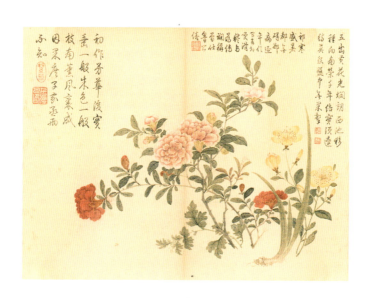

清，董诰，夏花十帧，册，石榴金丝桃

就写出了《南苑逢美人》："洛浦疑回雪，巫山似旦云。倾城今始见，倾国昔曾闻。媚眼随羞合，丹唇逐笑分。风卷蒲萄带，日照石榴裙。自有狂夫在，空持劳使君。"诗中女子神态娇媚，明艳动人。

石榴裙在唐代很是流行，载有两则著名的典故。武则天在感业寺为尼，写下《如意娘》："看朱成碧思纷纷，憔悴支离为忆君。不信比来长下泪，开箱验取石榴裙。"据说，高宗李治收到此诗，方才想起二人旧情。至于"拜倒在石榴裙下"的说法，据说是从杨玉环处得来。传说，唐明皇宠爱杨贵妃，让臣子见贵妃行跪拜礼。贵妃喜爱石榴裙，群臣对着身穿石榴裙的杨贵妃拜倒，因而有了"拜倒在石榴裙下"的说法。贵妃原本肤如凝脂，红裙衬得肌肤胜雪，的确是极具感染力的美。

苏轼曾作诗咏石榴裙："风流意不尽，独自送残芳。色作裙腰染，名随酒盏狂。"此处的石榴裙不仅意味着风姿绰约，更象征着风骨和刚烈。此诗源于《酉阳杂俎》中石阿措的故事。处士崔玄微于春夜在宅院遇见十多位化为美人的花精。美人们为求庇护，吟诗敬酒给严厉的封十八姨。封十八姨把酒泼在了石阿措的裙子上，阿措不惧强权，拂袖而去。后来，阿措又求崔玄微作符除去恶风，解救了众花精。封十八姨是恶风，刚强的石阿措便是石榴花精。

榴花之灿烂热烈，与桃花不相伯仲。传说中有"桃花源"，亦有"榴花洞"。《闽中实录》："唐永泰中，樵者蓝超遇白鹿，逐之，渡水入石门，始极窄，忽豁然，有鸡、犬、人家。主翁谓之曰：吾避秦人也，留卿可乎？超曰：欲与亲旧诀，乃来。遂与榴花一枝而出。恍若梦中。既而寻之，不知所在。"榴花洞虽不及桃花源流传广泛，却与桃花源极其相似，是一处虚构的理想世界。足见作者和当地民众对榴花的喜爱之情。

石榴寓意吉祥。"千房同膜、千子如一"，象征多子多福。古人婚嫁之时，常在新房案头放置切开果皮的石榴。也有人根据石榴果裂开时的种子数量，来预测科考上榜的人数，以"榴实登科"寓意金榜题名。

描写石榴籽的诗词众多，盛赞其可与珍珠、玛瑙、琥珀、珠宝媲美。范坚安《安石榴赋》："膏凝玉润，光犹莹削。赪如丹砂，粲若银砾。"梅尧臣《阳武王安之寄石榴》："安榴若拳石，中蕴丹砂粒。"小时候爱看武侠剧。有人命悬一线之时，往往有神医赶到，取出石榴果般浑圆的细口瓶，喂一粒圆溜溜的丹药，伤者必会悠悠醒转。丹药的名字美妙又奇特，有九花玉露丸、还魂丹、绝情丹……可惜如同"麦丽素"，黑黝黝的不甚美观。若是用状如丹砂的石榴籽来代替丹药，岂不美哉？

大暑赏荷花：映日荷花别样红

　　最能代表夏天的花，非荷莫属。炎炎夏日，万物焦灼干渴。荷花吸饱了水分，绽放于水池之中，给苦夏之人带来了许多慰藉。但凡历史悠久的花卉，都不止一个名字。然而，荷花的名字实在太多了。《广群芳谱》："荷为芙蕖花，一名水芙蓉，一名水芝，一名水芸，一名泽芝，一名水旦，一名水华。"

　　因生于水中，名为"泽芝""水芝""水芸"。鲍照《芙蓉赋》："访群英之艳绝，标高名于泽芝。"崔豹《古今注》："芙蓉，一名荷华，生池泽中，实曰莲。花最秀异者，一名水旦，一名水芝，一名水华。"葛立方《卜算子》："袅袅水芝红，脉脉兼葭浦。淅淅西风淡淡烟，几点疏疏雨。"元结《演兴四首》："荐天鲦兮酒阳泉，献水芸兮饭霜籼，与太灵兮千万年。"

　　因其洁净出尘，气质高雅，又有"净客""净友""溪客""花之君子"等美誉。曾端伯称荷花为"净友"，张景修称荷花为"净客"。姚宽《西溪丛语》列"名花三十客"，其中荷花为"溪客"。周敦颐《爱莲说》："莲，花之君子者也。"

荷花因绽放状态不同，名为"菡萏""芙蓉""芙蕖"。《本草纲目》："菡萏，函合未发之意。"菡萏是未开的花苞。陆机《毛诗草木鸟兽虫鱼疏》："其茎为荷，其花未发为菡萏，已发为芙蕖。"开放的荷花为芙蓉。据说，生长旺盛之时，荷花可迅速开满池塘，因而又名"芙蕖"。曹植《洛神赋》："远而望之，皎若太阳升朝霞；迫而察之，灼若芙蕖出渌波。"《尔雅》对荷进行了全面解释："荷，芙渠。其茎茄，其叶蕸，其本蔤，其华菡萏，其实莲，其根藕，其中的，的中薏。"《埤雅》又云："华叶等名具众义。故以不知为问，谓之'荷'也。"因为各部分都有名称，总名不知该叫什么，就称作"荷"。另一说法，"荷"乃"负荷"之意。陆机《毛诗草木鸟兽虫鱼疏》："按茎负叶者，有负荷之意。"细长的茎托举着宽大的叶子，难以负荷。李时珍《本草纲目》赞成此说："莲茎上负荷叶，叶上负荷花，故名。"

所有名字里面，荷是最早的。《诗经》以荷起兴，以荷花喻美人，表达对心上人的思念。《诗经·郑风》："山有扶苏，隰有荷华。不见子都，乃见狂且。山有乔松，隰有游龙，不见子充，乃见狡童。"《诗经·陈风》："彼泽之陂，有蒲与荷。有美一人，伤如之何？寤寐无为，涕泗滂沱。彼泽之陂，有蒲与蕑。有美一人，硕大且卷。寤寐无为，中心悁悁。彼泽之陂，有蒲菡萏。有美一人，硕大且俨。寤寐无为，辗转伏枕。"《楚辞》之中，荷与众芳同列，象征诗人高尚峻洁。屈原《离骚》："制芰荷以为衣兮，集芙蓉以为裳。"

《湘夫人》："筑室兮水中，葺之兮荷盖。""芷葺兮荷屋，缭之兮杜衡。"《少司命》："荷衣兮蕙带，儵而来兮忽而逝。"

荷花常被称作芙蓉、莲花。但名为芙蓉的花，有木芙蓉；名为莲的花，还有睡莲。

睡莲与荷花一样生于水中，二者形貌相类，容易混淆。乍一看，睡莲是袖珍的荷花。细看之下，相去甚远。荷花有藕，有莲蓬，睡莲二者皆无。荷花叶子浑圆，睡莲的叶子有一道明显的裂缝。同为水中之花，荷花亭亭玉立，有卓然之姿；睡莲伏于水面，尽显娇羞温柔。睡莲花如其名，花朵会应时而闭合，状若沉睡。不同的睡莲，闭合的时段不一样。

在中国古代，荷花与睡莲没有严格区分开来。莲可指荷花，也可指睡莲。周敦颐的《爱莲说》，切切实实说的荷花。"中通外直，不蔓不枝；香远益清，亭亭净植。"与周邦彦《苏幕遮·燎沉香》所描述的"水面清圆，一一风荷举"一样，是挺拔的荷花。

莲花之名，源于佛教。相传佛祖释迦牟尼出生即行走了七步，且步步生莲。《阿弥陀经》："池中莲华，大如车轮，青色青光，黄色黄光，赤色赤光，白色白光，微妙香洁。"《楞严经》："尔时世尊，从肉髻中涌百宝光。光中涌出千叶宝莲。"《妙法莲花经》也以莲花为喻，象征极致的超脱与洁净。"莲邦"是佛教中"极乐世界"。十方诸佛俱坐于"莲台"之上。佛寺、壁画、石窟，处处有莲花。莲花是佛教的圣物，代表至清至净的境界，也因花实并存象征圆满。《妙法莲花经》："唯此莲华，华果俱多，可喻因含万行，果圆万德。"

大约因为圣洁而玄妙，古代诗文中有许多奇特的荷花。

有的荷花极大。《枕中书》记载玉京七宝山芝沼中"莲花径度十丈"。《广群芳谱》："王敬美曰，莲花种最多，惟苏州府学前者，叶如伞盖，茎长丈许，花大而红，结房曰百子莲，此最宜种大池中。"《珍珠船》："《庐山记》清源池生莲花，大如车轮，此也。"韩愈《古意》："太华峰头玉井莲，开花十丈藕如船。冷比雪霜甘比蜜，一片入口沈痾痊。我欲求之不惮远，青壁无路难夤缘。安得长梯上摘实，下种七泽根株连。"冷比雪霜的荷花不仅开于山峰，也藏于洞穴沟壑。《洞冥记》："北及玄阪，去崆峒十七万里，日月不至，其地自明。有紫河万里，流珠千丈，中有寒荷，霜下方香茂也。"《拾遗记》："周穆王三十六年，春宵宫集诸方士，设常生之灯，列燔膏之烛。又有冰荷者，出冰壑之中，取此花以覆灯，不欲使光明远也。"传说中的莲花可治病，可覆灯，也可用于神仙行船。

并蒂莲作为大吉之兆，也时常出现在诗文中。《初学记》："泰始二年八月，嘉、莲一双，骈花并实，合跗同茎，生豫州鳢湖。"《苏州府志》："正统，吴县学池中莲一茎三花，明年县学施公槃状元及第。成化吴县学池中一茎二花，明年吴公宽状元及第。""莲"的谐音暗语颇多。莲与廉同音，象征为官清廉；莲与桂花搭配，寓连生贵子；莲与鹭鸶搭配，寓一路连科；莲与鱼搭配，寓连年有余。此外，"鱼戏莲"还有生殖崇拜的含义。汉乐府《江南》："江南可采莲，莲叶何田田。鱼戏莲叶间，鱼戏莲叶东，鱼戏莲叶西，鱼戏莲叶南，鱼戏莲叶北。""鱼戏莲"屡见于古绘画。因莲藕有空洞，可象征女阴。闻一多《说鱼》："用鱼喻男，莲喻女。

说鱼与莲戏，实等于说男与女戏。"

世人爱莲，为其品行高洁、寓意吉祥，更多还是因为其物态之美。夏日炎炎，荷花满池，若云锦灿烂，又若蛛网浮杯。远观是不够的。人们不仅细细端详，还穷尽辞藻加以描绘。王勃："非登高可以赋者，惟采莲而已矣。"闵鸿《芙蓉赋》："乃有芙蓉灵草，载育中川。竦修干以凌波，建绿叶之规圆。灼若夜光之在玄岫，赤若太阳之映朝云。"其中"竦修干以凌波，建绿叶之规圆"格外形象。江淹《莲花赋》写出了莲花的冰清玉骨："方翠羽而结叶，比碧石而为茎。蕊金光而绝色，藕冰折而玉清。载红莲以吐秀，披绛华以舒英。"申时行《后瑞莲赋》："繄中通而外直兮，洵笃实而辉光。德可比于君子兮，又奚逊夫国香。羌托种于灵沼兮，载移根于长乐。挺翠盖之团团兮，冒朱华之灼灼。枝承蕤以婀娜兮，何扬翘之磊落。揉珠茢以成葩兮，焕重英之出萼。"此后，周敦颐作《爱莲说》，也形容莲茎"中通外直"。

汉以降，采莲诗大量涌现，多名为《采莲赋》《采莲曲》《采莲女》。诗人们笔触细腻，借采莲写男女情爱，抒女子相思之苦。《西洲曲》："开门郎不至，出门采红莲。采莲南塘秋，莲花过人头。低头弄莲子，莲子清如水。"关于荷花的文字欢欣而浪漫，生动而自然。而这些与自然风光融为一体的浪漫故事，多存在于采莲的场景里，描绘的不只是莲花，更是采莲人。王昌龄《采莲曲》："荷叶罗裙一色裁，芙蓉向脸两边开。乱入池中看不见，闻歌始觉有人来。"采莲姑娘穿着荷叶同色的罗裙，人与花难辨彼此。白居易《采莲曲》："菱叶萦波荷飐风，荷花深处小船通。逢郎欲语低

清，沈振麟，十二月花神，册，莲花

头笑，碧玉搔头落水中。"羞涩的采莲姑娘遇到心上人，低头一笑，碧玉簪落入了水中。李白《采莲曲》："若耶溪傍采莲女，笑隔荷花共人语。日照新妆水底明，风飘香袂空中举。岸上谁家游冶郎，三三五五映垂杨。紫骝嘶入落花去，见此踟蹰空断肠。"活泼明朗的采莲姑娘笑语盈盈，引得岸上少年不忍离去。杜公瞻《咏同心芙蓉》："灼灼荷花瑞，亭亭出水中。一茎孤引绿，双影共分红。色夺歌人脸，香乱舞衣风。名莲自可念，况复两心同。"徐彦伯《采莲曲》："妾家越水边，摇艇入江烟。既觅同心侣，复采同心莲。折藕丝能脆，开花叶正圆。春歌弄明月，归棹落花前。"觅得同心侣，又采得同心莲，采莲姑娘的幸福让人艳羡不已。

荷花引人歌咏，荷叶形貌亦不同于普通叶片。翠绿而清雅，硕大而规整。荷叶初生，形如铜钱，名"荷钱"。林景熙《荷钱》："盈盈新叠碧，难借柳条穿。铸景菰蒲外，买邻鸥鹭边。"荷钱色青，又名"青钱"。胡天游《观莲》："清池莹人心，俯见荷叶背。南塘非不佳，无此青钱盖。"荷叶浮于水面，名"浮叶"。浮叶稍大于荷钱，叶茎纤细，新鲜稚嫩。高启《新荷》："如盖复如钿，初生雨后天。叶低浮水上，茎弱袅风前。"立叶挺出水面，叶茎粗壮，可迎风招展。刘永之《咏荷叶》："圆缄初出水，规盖已迎风。色迷青鸟度，荫密戏鱼通。"风中之荷极有情致，周邦彦《苏幕遮》有描摹风荷的名句："燎沉香，消溽暑。鸟雀呼晴，侵晓窥檐语。叶上初阳干宿雨，水面清圆，一一风荷举。"王国维评此句："此真能得荷之神理者。"

荷叶上的露珠也颇为别致。因为表面附着微小蜡质乳突结构，荷叶沾水不湿。夏日雨后，荷叶迎风招展，雨水也凝成露珠随之滚动，颇有童趣。白居易《荷珠赋》写出了荷珠的跳跃之美：

> 宿雨霁而犹湿，晓露裛而正鲜。熠熠有光，映空水而焕若；累累无数，遍池塘而炯然……其息也与波俱停，其动也与风皆急。若转于掌，乃是江妃之珠；如凝于盘，遂成泉客之泣。

林景熙《荷珠》以各类珠宝作比：

> 霞衣葱佩来珊珊，水晶之宫绿玉盘。谁与冯夷作戏剧，贝阙驱入神飘翻。又疑罢织蛟人泣，碧洼融作水银汁。圆或为璧方为珪，寒光浪漾不可拾。

雨中的荷花、荷叶、荷珠给人带来心旷神怡的独特体验。吟咏雨中荷的诗作颇多。杨万里很喜欢描写池荷跳雨的欢乐场景。如《咏荷上雨》："午梦扁舟花底，香满西湖烟水。急雨打篷声，梦初惊。却是池荷跳雨，散了真珠还聚。聚作水银窝，泻清波。"再如《观荷上雨》："细雨沾荷散玉尘，聚成颗颗小珠新。跳来跳去还收去，只有琼柈弄水银。"杨万里流传最广的咏荷诗，写的却是晴天的荷花《晓出净慈寺送林子方》："毕竟西湖六月中，风光不与四时同。接天莲叶无穷碧，映日荷花别样红。"字句平实，意境阔大，生机勃勃，酣畅淋漓。

李商隐心绪不畅、夙夜难寐之时，留意到残败的秋荷。

《夜冷》："树绕池宽月影多，村砧坞笛隔风萝。西亭翠被余香薄，一夜将愁向败荷。"《宿骆氏亭寄怀崔雍崔衮》："竹坞无尘水槛清，相思迢递隔重城。秋阴不散霜飞晚，留得枯荷听雨声。"末句深得林黛玉喜爱。《红楼梦》：

时值深秋，只见满塘都是枯荷，加上岸上衰草，更助秋情。宝玉道："这些破荷叶可恨，怎么还不叫人来拔去。"宝钗笑道："今年这几日，何曾饶了这园子闲了，天天逛，那里还有叫人来收拾的工夫。"林黛玉道："我最不喜欢李义山的诗，只喜他这一句'留得残荷听雨声'。偏你们又不留着残荷了。"宝玉道："果然好句，以后咱们就别叫人拔去了。"

宋代以后，程朱理学兴起，莲花的爱情意蕴逐渐弱化。周敦颐《爱莲说》作为咏荷文字的最高峰，赋予了荷花与众不同的品质：

水陆草木之花，可爱者甚蕃。晋陶渊明独爱菊。自李唐来，世人甚爱牡丹。予独爱莲之出淤泥而不染，濯清涟而不妖，中通外直，不蔓不枝，香远益清，亭亭净植，可远观而不可亵玩焉。予谓菊，花之隐逸者也；牡丹，花之富贵者也；莲，花之君子者也。噫！菊之爱，陶后鲜有闻。莲之爱，同予者何人？牡丹之爱，宜乎众矣！

此后，描写荷花的诗文或多或少都受到了《爱莲说》影响，莲花成为高洁君子的象征。

朱自清先生作《荷塘月色》，对月下荷花的描写细腻传神：

曲曲折折的荷塘上面，弥望的是田田的叶子。叶子出水很高，像亭亭的舞女的裙。层层的叶子中间，零星地点缀着些白花，有袅娜地开着的，有羞涩地打着朵儿的；正如一粒粒的明珠，又如碧天里的星星，又如刚出浴的美人。微风过处，送来缕缕清香，仿佛远处高楼上渺茫的歌声似的。这时候叶子与花也有一丝的颤动，像闪电般，霎时传过荷塘的那边去了。叶子本是肩并肩密密地挨着，这便宛然有了一道凝碧的波痕。叶子底下是脉脉的流水，遮住了，不能见一些颜色；而叶子却更见风致了。

月光如流水一般，静静地泻在这一片叶子和花上。薄薄的青雾浮起在荷塘里。叶子和花仿佛在牛乳中洗过一样；又像笼着轻纱的梦。虽然是满月，天上却有一层淡淡的云，所以不能朗照；但我以为这恰是到了好处——酣眠固不可少，小睡也别有风味的。月光是隔了树照过来的，高处丛生的灌木，落下参差的斑驳的黑影，峭楞楞如鬼一般；弯弯的杨柳的稀疏的倩影，却又像是画在荷叶上。塘中的月色并不均匀；但光与影有着和谐的旋律，如梵婀玲上奏着的名曲。

文末提起江南采莲之事："采莲人不用说很多，还有看采莲的人。那是一个热闹的季节，也是一个风流的季节。"
荷花给人们带来的乐趣，不只存在于采莲之时。放荷灯、绣荷包、荷蒸饭，许多民俗与之相关。除去荷花被赋予的品质，李渔以平常人的眼光，表达了对荷花的喜爱：

自荷钱出水之日，便为点缀绿波；及其劲叶既生，则又日高，日上日妍。有风既作飘摇之态，无风亦呈袅娜之姿，是我于花之未开，先享无穷逸致矣。迨至菡萏成花，娇姿欲滴，后先相继，自夏徂秋，此时在花为分内之事，在人为应得之资者也。及花之既谢，亦可告无罪于主人矣；乃复蒂下生蓬，蓬中结实，亭亭独立，犹似未开之花，与翠叶并擎，不至白露为霜，而能事不已。此皆言其可目者也。可鼻，则有荷叶之清香，荷花之异馥；避暑而暑为之退，纳凉而凉逐之生。至其可人之口者，则莲实与藕，皆并列盘餐，而互芬齿颊者也。只有霜中败叶，零落难堪，似成弃物矣，乃摘而藏之，又备经年裹物之用。是芙蕖也者，无一时一刻不适耳目之观，无一物一丝不备家常之用者也。有五谷之实而不有其名，兼百花之长而各去其短，种植之利有大于此者乎？

荷花可目、可鼻、可口、可用，实乃"可人"之花。

小时候看神话传说，惊叹于哪吒削肉还骨，重生于荷花。这种强大的生命力，频现于古莲子中。明代《五杂俎》："今赵州宁晋具有石莲子，皆埋土中，不知年代。居民掘土，往往得之。有娄斛者，其状如铁石，而肉芳香不枯，投水中即生莲叶。"近些年，多地发现千年前的古莲子。它们不仅被培植绽放，还随神舟飞船踏入太空。也许，荷花会带给我们更多的奇迹。

立秋赏木槿：夜合朝开秋露新

立秋，凉风至。午间暑热尚存，早晚的空气逐渐流淌出秋的凉意。秋日易感伤，最适合宫怨诗词。夜深秋凉，孤独的女子更让人体味到深婉凄苦。李白《玉阶怨》："玉阶生白露，夜久侵罗袜。却下水晶帘，玲珑望秋月。"杜牧《秋夕》："银烛秋光冷画屏，轻罗小扇扑流萤。天阶夜色凉如水，卧看牵牛织女星。"王昌龄《长信秋词》："金井梧桐秋叶黄，珠帘不卷夜来霜。熏笼玉枕无颜色，卧听南宫清漏长。"顾况《宫词》："玉楼天半起笙歌，风送宫嫔笑语和。月殿影开闻夜漏，水晶帘卷近秋河。"秋月、水晶帘、石阶、团扇、更漏等宫怨诗的常见意象，组成了幽冷索寞的深宫秋景。李商隐的宫怨诗着眼于木槿花："风露凄凄秋景繁，可怜荣落在朝昏。未央宫里三千女，但保红颜莫保恩。"

木槿花瓣纤薄妍丽，枝条挺拔舒展，在凉风中摇曳翩然，光华夺目。木槿始开于仲夏，与同属锦葵科的蜀葵同时绽放于端午前后。蜀葵植株高大，花朵繁密，被誉为"一丈红"，也被应景地称作"端午花"。《礼记·月令》中记载:"鹿角解,蝉始鸣,半夏生,木槿荣。"端午后不久,蜀葵凋谢了。但木槿一直开到秋天。万物收敛的秋季,绚烂的夏花纷纷凋谢,明艳照人的木槿花格外引人注目。正因为如此,诗人笔下的槿花多开于秋季吧。

槿花耀眼灼目,灿烂光华可比静夜繁星。夏侯湛《朝华赋》:"逮明晨而繁沸,若静夜之众星,长茎攒起,柔条列布,擢灵柯于时雨,滋逸采于丰露,灼煌煌以炜炜,独崇朝而达暮,于是茂树苍苍,纤枝翩翩,潜光玉朗,绿叶翠鲜。"傅咸《舜华赋》:"布夭夭之纤枝,发灼灼之殊荣,红葩紫蒂,翠叶素茎,含晖吐曜,烂若列星,朝阳照灼以舒晖,逸藻采粲而光明,馨天镶而莫俪,何菱华之足营。"《朝华赋》《舜华赋》辞藻华丽,均用"灼"形容槿花,不禁令人联想到"桃之夭夭,灼灼其华"。

与桃花一样,木槿也是《诗经》中直喻美人的花。《诗经·国风·有女同车》:"有女同车,颜如舜华。将翱将翔,佩玉琼琚。彼美孟姜,洵美且都。有女同行,颜如舜英。将翱将翔,佩玉将将。彼美孟姜,德音不忘。"诗中的"舜华""舜英"都是木槿花。"舜"通"瞬",因木槿花朝开暮落,取仅荣一瞬之义。不同于《桃夭》中"宜室宜家"的贤惠姑娘,《有女同车》描摹的是一位身份高贵的美人。她容貌如槿花般美丽,体态如飞鸟般翩然,佩戴珍贵玉石,德行与容貌一样美好。据《毛诗正义》所述,这位美人是齐国君主的女儿:

郑人刺忽之不婚于齐,对齐为文,故言郑人。既总叙经意，又申说之。此太子忽尝有功于齐，齐侯喜得其功，请以女妻之。此齐女贤，而忽不娶。由其不与齐为婚，卒以无大国之助，至于见逐，弃国出奔，故国人刺之。

　　郑国太子忽率兵救齐，齐侯想把女儿文姜嫁给他，却被他拒绝了。郑国人以此诗讽刺太子忽不识时务，错失了与大国联姻的良机。有人问太子忽为何辞婚，他回答道："人各有耦，齐大，非吾耦也。"有人称赞这是有志气的行为。暂且不论这件事孰是孰非，在那个时候，"颜如舜华"的确是对女子容貌最大的认可了。试想一下，先秦时期，也许牡丹还名为鹿韭、鼠姑，被乡野村夫当做柴火焚烧，而梅的用途只是餐桌上的调味品。木槿花朵硕大，灿烂耀目，最适合比拟贵族少女光彩照人的容颜。更何况，木槿花瓣薄如蝉翼，遍布褶皱，仿佛天然的纱绡，一定深受姑娘们的喜爱。杨凌《阁前双槿》："群玉开双槿，丹荣对绛纱。含烟疑出火，隔雨怪舒霞。向晚争辞蕊，迎朝斗发花。非关后桃李，为欲继年华。"羊士谔《玩槿花》："何乃诗人兴，妍词属舜华，风流感异代，窈窕比同车，凝艳垂清露，惊秋隔绛纱，蝉鸣复虫思，惆怅竹阴斜。"

　　木槿名称众多。潘尼在《朝菌赋序》中列举了四个别名："朝菌者，盖朝华而暮落，世谓之'木槿'，或谓之'日及'，诗人以为'舜华'，庄生以为'朝菌'，其物向晨而结，建明而布，见阳而盛，终日而殒，不以其异乎，何名之多也。"木槿名日及、舜华，又名朝菌。庄子《逍遥游》："朝菌不知晦朔，蟪蛄不知春秋。"朝菌不知道月有阴晴圆缺，蟪蛄不知道四季有春秋。庄子认为这些寿命短暂的生灵眼界有限，见识短浅。古代许多文人也认为，木槿日中则衰、至夕而零，是荣不终日的夭寿之花。张翊《花经》中，木槿仅被列为"九命一品"。

　　木槿朝开暮落，令人叹惋。但换一种说法，暮落朝开，似乎就有了期待，没有那么悲凉，反而成了解忧之物。木槿花期短暂，但花开连绵不绝，从夏至秋每天都有新鲜的花朵绽放，仿佛永远也看不完，胜过了每年只盛开一次的桃李花。崔道融《槿花》："槿花不见夕，一日一回新。东风吹桃李，须到明年春。"苟日新，日日新，又日新。如同年轻人遇到挫折之时鼓励自己所言："明天又是新的一天！"新的一天意味着新的开始，新的开始就有新的机会。朝鲜半岛自古槿花繁盛，新罗时自称为"槿花乡"。崔豹《古今注》："君子之国，地方千里，多木槿花。"因为朵朵相继，生生不息，韩国人称木槿花为"无穷花"，将单瓣红心的品种定为国花。

　　木槿的生命力强，极易存活。如同杨柳，折枝扦插便能生长。《抱朴子》："夫木槿、杨柳断殖之更生，倒之亦生，横之亦生，生之易者，莫过斯木也。"物以稀为贵。因为太好养活，随处可见，木槿不为人珍惜。文震亨《长物志》中评价："木槿为花中最贱。"木槿坚韧而毫不骄矜自持的品质不为人称道，反而得到"贱"的评价，也许反映了某些人性吧。锦葵科的蜀葵也有同样的困惑。陈标《蜀葵》："眼前无奈蜀葵何，浅紫深红数百窠。能共牡丹争几许，得人嫌处只缘多。"锦葵科的植物大多易活而明艳。有贬低之人，自有欣赏之人。槿花是韩国国花，光艳照人的朱槿又名扶桑，是马来西亚国花。

日本弘化四年，细井徇，《诗经名物图解》，舜英

江南的乡村，木槿常用来编织篱笆。木槿枝条柔韧，不易折断。槿篱紧密结实，足以阻挡糟蹋菜园子的小动物。待到木槿花季，槿篱上繁花盛开，好一派田园风光。杨万里《道旁槿篱》：

　　夹路疏篱锦作堆，朝开暮落复朝开。抽心粗籹轻拖糁，近蒂燕支酽抹腮。占破半年犹道少，何曾一日不芳来？花中却是渠长命，换旧添新底用催？

　　刘诜《白木槿》：

　　数花出篱棱，耿耿照夜阑。月寒客独起，恍若山雪残。天风泠然来，坐久身欲翰。梦酌琼宫浆，荐以雕玉盘。群妃霓裳冷，天姣环青鸾。世言朝暮落，耐此十日看。始知洁白姿，颇胜施朱丹。大钧纵万物，尔本羞蕙兰。同类偶自别，亦复得赏叹。勖哉励贞节，相期在岁寒。

　　木槿不仅可用于编篱，还可入馔。汪曾祺曾尝过油炸木槿花，他这样评价："木槿花整朵油炸，炸出后花形不变，一朵一朵开在磁盘里。吃起来只是酥脆，亦无特殊味道，好玩而已。"据说煮食的木槿花可口一些，滑嫩柔软有嚼头，因而被称为"鸡肉花"。

　　我没有吃过木槿花，小时候跟小伙伴一起玩耍过木槿花。我们将木槿花戴在头上，假扮成古装剧的女子来"演戏"。木槿花时不时掉落下来，须得用发卡固定好。木槿花光滑，汝阳王琎却能置花于绢帽跳舞，唐玄宗大为惊喜。南卓《羯鼓录》记载：

汝阳王琎，宁王长子也，姿容妍秀，出藩邸，玄宗特钟爱焉，自传授之。又以聪悟敏慧，妙达音旨，每随游幸，顷刻不舍。常戴砑绢帽抽曲，上自摘红槿花一朵，置于帽上檐处，二物皆极滑，久之方安，遂奏《舞山香》一曲而花不坠落，上大喜，赐琎金器一厨，因夸曰真花奴。

前不久回了一趟老家。老家的人都已搬离了大山，有的搬到了街上，有的去了县城省城。住得最近的一位在山下盖了房子，成了一位兼职猎人。他带着我们上山，一路上跟我们讲捕猎趣事。山上有野猪。小野猪身形跟家猪相似，颜色黑黝黝的，嘴巴尖一些。小野鸭动作麻利，专吃生东西，身上味道比家鸭大一些。听着他讲的故事，眼见山路上荆棘丛生，蛇皮缠绕。我们慢慢意识到，老家俨然已成了野生动物园。说说笑笑爬上山顶，心中忍不住涌上凄惶之感。

荒草起伏，仿佛无边无际的海洋，白色的野花是海浪里的浮沫。浮沫中间，有一簇明亮的火焰。那是老屋风蚀的墙壁下，盛开的木槿花。微雨浸润，花瓣如琉璃一般晶莹。这样的感受，想必宗璞也有过，才写下了《好一朵木槿花》：

去年，月圆过四五次后，几经洗劫的小园又一次遭受磨难。园旁小兴土木，盖一座大有用途的小楼。泥土、砖块、钢筋、木条全堆在园中，像是零乱地长出一座座小山，把植物全压在底下。我已习惯了这类景象，知道毁去了以后，总会有新的开始，尽管等的时间会很长。

没想到秋来时，一次走在这崎岖山路上，忽见土山一侧，透过砖块钢筋伸出几条绿枝，绿枝上，一朵紫色的花正在颤颤地开放！

我的心也震颤起来，一种悲壮的感觉攫住了我。土埋大半截了，还开花！

我跨过障碍，走近去看这朵从重压下挣扎出来的花。仍是娇嫩的薄如蝉翼的花瓣，略有皱褶，似乎在花蒂处有一根带子束住，却又舒展自得，它不觉得环境的艰难，更不觉得自己的奇特。

忽然觉得这是一朵童话的花，拿着它，任何愿望都会实现，因为持有的，是面对一切苦难的勇气。

紫色的流光抛散开来，笼罩了凌乱的工地。那朵花冉冉升起，倚着明亮的紫霞，微笑地俯看着我。

今年果然又有一个开始，小园经过整治，不再以草为主，所以有了对美人蕉的新认识。那株木槿高了许多，枝繁叶茂，但是重阳已届，仍不见花。

我常在它身旁徘徊，期待着震撼了我的那朵花。

即使再有花开，也不是去年的那一朵了。也许需要纪念碑，纪念那逝去了的，昔日的悲壮？

木槿花开在童年里，留在童话中。无论时隔多少年月，无论身处何种境地，家乡的木槿花总能盛开得一丝不苟，等着我归来。

处暑赏紫薇：紫薇花对紫薇郎

　　处，止也，暑气至此而止矣。北方处暑，气温走低，暑气终结，天气真正凉快了。秋高气爽，许多人离开了空调房。驱车驶往郊外，可见公路绿化带上鲜花繁茂。花树齐整，花枝颀长。满树花枝迎风招展，仿佛不停地欢迎郊游的人们。那一树树明艳热情的紫红花朵，便是紫薇了。《广群芳谱》将紫薇描述得很动人："一枝数颖，一颖数花，每微风至，夭娇颤动，舞燕惊鸿，未足为喻。唐时省中多植此花，取其耐久，且烂漫可爱也。"

　　"耐久，且烂漫可爱也"是对紫薇花最中肯的评价。俗话说："人无千日好，花无百日红。"人们常常以此感慨好景不长，人生多艰。但紫薇花期极长，又名"百日红"。王象晋《群芳谱》："紫薇，一名百日红，四五月始花，开谢接续，可至八九月。"因为花期长达半年，诗人杨万里赞道："似痴如醉弱还佳，露压风欺分外斜，谁道花无红百日，紫薇长放半年花。"

紫薇夏秋季节始花，烂漫轻盈，像蓬松的云彩，像彩色的积雪，又像细碎的锦缎。蔡襄《过真慧素上人院见红薇盛开因思西阁后轩数株》："八月吴天觉早凉，翠丛初折碎朱房。繁枝欲卧不胜力，落片将飞犹是香。"薛蕙《紫薇》："紫薇开最久，烂熳十旬期，夏日逾秋序，新花续故枝，楚云轻掩冉，蜀锦碎参差，卧对山窗下，犹堪比凤池。"到了花不多见的秋季，紫薇尤显珍贵。程俱《秋花无几尚有紫薇相对》："晚花如寒女，不识时世妆，幽然草间秀，红紫相低昂，荣木事已休，重阴阒深苍，尚有紫薇花，亭亭表秋芳，扶疏缀繁柔，无复粉艳光，空庭一飘委，已觉巾裾凉，手中蒲葵箑，虽复未可忘，仰视白日永，凄其感冰霜。"

　　"翠丛初折碎朱房"，"蜀锦碎参差"，"扶疏缀繁柔"，这些诗句准确描摹出紫薇花的特点。紫薇花小，细碎有褶皱。陈景沂《全芳备祖》："紫薇花小而丛，其色紫。"因花微色紫，故名紫薇。独特的形色赋予了紫薇独特而高贵的名字，让它象征权力与仕途，可算是冥冥之中的巧合。

　　古人观察天象，将浩瀚星空分为"三垣二十八宿"。"三垣"包括紫微垣、太微垣、天市垣。紫微垣位于北方天空的中间，多以皇家贵胄命名，具有至高无上的地位。太微垣多以大臣官职命名，天市垣多以市井商贾命名。紫微垣又名紫微宫，古人认为是天皇大帝的居所。《后汉书》："天有紫薇宫，是上帝之所居也。"后来的皇帝作为人间天子，居住的地方也称作"紫禁城"。

　　唐玄宗时期，中书省改为紫微省，中书令改为紫微令。大概因为读音相同，紫微省中种植了不少紫薇花，紫微省因而又名"紫薇省"。白居易写过《直中书省》："丝纶阁下文章静，钟鼓楼中刻漏长。独坐黄昏谁是伴，紫薇花对紫微郎。"这首诗的字面意思很简单。"直"通"值"。丝纶阁是替皇帝撰拟诏书的阁楼。诗人在中书省值班，觉得寂寞无聊，时间过得太慢，只有紫薇花与他相伴。白居易少年时一举及第："慈恩塔下题名处，十七人中最少年。"他进士及第后做的第一个官，就是秘书省校书郎。有人推论，他写此诗有些许得意。《旧唐书·白居易传》："居易自以逢好文之主，非次拔擢，欲以生平所贮，仰酬恩造。"也有人认为，诗人是有感于工作枯燥无聊，气氛沉闷才吟诗作句。还有人认为，诗人是为了表现自己恪尽职守，类似于加班发个朋友圈让领导看见。诗人当时的心绪已无从考证。此诗影响深远，被后世诗人们反复提及。而紫薇花，则成为了代表权力地位的"官样花"。

多年后，诗人老迈，又写下《紫薇花》："紫薇花对紫微翁，名目虽同貌不同。独占芳菲当夏景，不将颜色托春风。浔阳官舍双高树，兴善僧庭一大丛。何似苏州安置处，花堂栏下月明中。"从"紫薇郎"到"紫薇翁"，芳菲依旧，年华已老。

杜牧当上"紫薇郎"，已近暮年。他作《紫薇花》："晓迎秋露一枝新，不占园中最上春。桃李无言又何在，向风偏笑艳阳人。"诗中的紫薇淡泊平和，不与桃李争春，全无权贵之气。此诗被誉为佳作，人们因此称他"杜紫薇"。

"学而优则仕。"古代许多文人都将从政作为人生理想。被皇帝赐诗称为"紫薇郎"，是读书人极大的荣耀。宋哲宗曾以御书赐群臣，写给苏轼的，正是白居易这首"紫薇花对

清，张迺耆，花卉画册，册，紫薇白头

清，沈振麟，十二月花神，册，桂花紫薇

紫微郎"。苏轼大为感动，进诗七首谢恩。最后一首写道："小臣愿对紫薇花，试草尺书招赞普。"后来，苏轼每次写到紫薇花，总不忘白居易这首诗，因为"上尝书此诗以赐轼"。

更多的诗人并未身居高位。不是紫微郎的诗人们，面对紫薇花的心情各不相同。王十朋仕途不畅，面对紫薇花很惭愧："盛夏绿遮眼，此花红满堂。自惭终日对，不是紫薇郎。"刘克庄很自信，他认为紫薇花不计尊卑，不仅为权贵开放，也会为诗人盛开："风标雅合对词臣，映砚窥窗伴演纶。忽发一枝深谷里，似知茅屋有诗人。"杨万里很超脱，他认为看花人的身份不重要，全心赏花就好："晴霞艳艳覆檐牙，绛雪霏霏点砌沙。莫管身非香案吏，也移床对紫薇花。"陆游见到流落天涯的紫薇花，犹如被贬出京师的自己："钟鼓楼前官样花，谁令流落到天涯，少年妄想今除尽，但爱清樽浸晚霞。"

梅尧臣留意紫薇树怕痒的特点，写出的诗句新奇有趣。《次韵景彝阁后紫薇花盛开》："禁中五月紫薇树，阁后近闻都著花。薄薄嫩肤搔鸟爪，离离碎叶剪城霞。凤凰浴去池波响，鹪鹩阴来日影斜。六十无名空执笔，颠毛应笑映簪花。"

李渔从紫薇怕痒看出了植物的灵性。他在《闲情偶寄》中写道：

　　人谓禽兽有知，草木无知，予曰：不然。禽兽草木尽是有知之物，但禽兽之知，稍异于人，草木之知，又稍异于禽兽，渐蠢则渐愚耳。何以知之？知之于紫薇树之怕痒，知痒则知痛，知痛痒则知荣辱利害，是去禽兽不远，犹禽兽之去人不远也。人谓树之怕痒者，只有紫薇一种，余则不然。予曰：草木同性，但观此树怕痒，既知无草无木不知痛痒，但紫薇能动，他树不能动耳。人又问：既然不动，何以知其识痛痒？予曰：就人喻之，怕痒之人，搔之即动，亦有不怕痒之人，听人搔扒而不动者，岂人亦不知痛痒乎？由是观之，草木之受诛锄，犹禽兽之被宰杀，其苦其痛，俱有不忍言者。人能以待紫薇者待一切草木，待一切草木者待禽兽与人，则斩伐不敢妄施，而有疾痛相关之义矣。

他认为，植物如同动物一般"知痒知痛"，不能被妄施斩伐。人类应该善待一切生灵。

除了怕痒，紫薇树还有奇特之处。俗话说："人要脸，树要皮。"紫薇树却"没有皮"。段成式《酉阳杂俎》："紫薇，北人呼为猴郎达树，谓其无皮，猿不能捷也。北地其树绝大，有环数夫臂者。"北方人称紫薇为猴郎达树，是因为它的皮每年自行脱落，树身太滑，猴子爬不上去。这种看上去没有树皮的紫薇树，多是几人合抱的老树。紫薇老树不生树皮，光滑锃亮。陆游《老学庵笔记》记载，有位幽默的僧人，穷得没钱过年，写了一首打油诗自嘲："大树大皮裹，小树小皮裹。庭前紫薇树，无皮也过年。"

紫薇老树是很好的盆景树材。其古桩遒劲扭曲，枝干深沉而细腻，宛若山石。树瘤与空洞，仿佛层岩与溶洞。古拙的枯枝之上，紫薇花艳丽繁盛。让人不由惊叹，好一个枯木又逢春。

初中时，女生宿舍旁有一株纤细的紫薇树。树身微倾，婀娜多姿，仿佛轻歌曼舞的美人。下课铃响，总有三三两两的少女围在树下聊天，轻轻给树干抓痒。满树花枝乱颤，许久停不下来。人间罕有那么爱笑的姑娘，我不由想到了聊斋里的婴宁。花朵从枝头飘摇下落，很快被值日的同学打扫了。我有些遗憾，如果树在池旁，花朵入水，又是另一番美景吧。韩偓有幸，曾于李太舍池上玩红薇，醉题道："花低池小水泙泙，花落池心片片轻。酩酊不能羞白鬓，颠狂犹自眷红英。"

白露赏蒹葭：昔年蒹葭犹苍苍

"蒹葭苍苍，白露为霜。所谓伊人，在水一方。"《秦风·蒹葭》作为《诗经》的代表作，流传甚广。《月令七十二候集解》解释了白露的由来，"阴气渐重，霜凝而白也"。白露时节读《蒹葭》，眼前秋水茫茫，寒烟笼罩，岸边芦苇飞花，承露覆霜，洁净如积雪，蓬松似柳絮。雨雾蒙蒙中，一位清丽的少女站在秋水彼岸。此情此境，如梦如幻，缥缈凄迷，却存在一点美丽的误会。

蒹葭并非专指芦苇，而是两种不同的植物。《说文解字》释义："蒹，萑之未秀者"，"葭，苇之未秀者"。又言："蒹、菼、萑一也，今人所谓荻也"，"葭苇一也，今人所谓芦也"。"秀"即抽穗扬花之意。蒹葭，便是尚未抽穗扬花的芦荻。

尽管常被相提并论，芦与荻有显著的区别。芦多生于北地，荻多生于南国。芦多见于湿地滩涂，荻则广泛分布在荒地与田野。芦较为高大，茎空，与竹相类；荻较为低矮，茎实，与芒草相似。

芦与荻形貌习性相类，身姿修长，丛生于湖畔江洲，入秋后花开如雪，在野地杂草间甚为瞩目。因而，芦与荻常被同时提起，屡见于诗词。最有名的典故，当属五代何光远《鉴诫录》所记载刘禹锡作《西塞山怀古》："王濬楼船下益州，金陵王气黯然收。千寻铁锁沉江底，一片降幡出石头。人世几回伤往事，山形依旧枕寒流。今逢四海为家日，故垒萧萧芦荻秋。"

长庆中，元微之、刘梦得、韦楚客同会白乐天之居，论南朝兴废之事。据载："乐天曰：'古者言之不足，故嗟叹之，嗟叹之不足，故咏歌之。今群公毕集，不可徒然，请各赋《金陵怀古》一篇。'刘骋其俊才，略无逊让，满斟一巨杯，请为首唱。饮讫不劳思忖，一笔而成。白公览诗曰：'四人探骊，吾子先获其珠，所余鳞甲何用。'三公于是罢唱，但取刘诗吟味竟日，沉醉而散。"

白居易《琵琶行》中，开篇即有"浔阳江头夜送客，枫叶荻花秋瑟瑟"。从"故垒萧萧芦荻秋"到"枫叶荻花秋瑟瑟"，或因追忆，或因别离，芦荻呈现了秋日的萧瑟与怅惘。

芦荻入诗，大多异曲同工。陆游《湖上秋夜》："一夜萧萧芦荻声。"董嗣杲《过彭蠡口》："芦荻翻风秋夕寒。"方岳《次韵徐太博》："芦荻花寒山月小。"洪咨夔《送客一首送真侍郎》："风雨寂历芦荻秋。"杨万里《过望亭六首》："雪芦风荻雨萧然。"秋深天凉，芦荻衰微，总能在陈郁悲凉的基调上平添几分萧索与孤寂。

芦荻多生长在水边，芦汀荻渚，烟雨蒙蒙。芦花盛开，小舟摇曳，是江南水乡不可或缺的秋景。王周《藕池阻风，寄同行抚牧装驾》："船樯相望荆江中，岸芦汀树烟蒙蒙。"
杨备《泛太湖》："鱼舠载酒日相随，一笛芦花深处吹。"
李煜《望江南·闲梦远》："闲梦远，南国正芳春。船上管弦江面渌，满城飞絮滚轻尘。忙杀看花人！闲梦远，南国正清秋。千里江山寒色远，芦花深处泊孤舟，笛在月明楼。"
柳絮与芦花，道出南国芳春与清秋之美。

芦花与柳絮，同样洁白轻柔。宝廷《芦花》，首句即将芦花与柳絮作比："芦絮浑如柳絮多，江头尽日自婆娑。纤痕密密黏渔网，乱点纷纷压钓蓑。"杨万里《戏赠江干芦花》："避世水云国，卜邻鸥鹭家。风前挥玉尘，霜后幻杨花。"此处杨花即柳絮。王安石《江宁夹口三首》："茅屋沧洲一酒旗，午烟孤起隔林炊。江清日暖芦花转，只似春风柳絮时。"陆游《过筰桥道中龙祠小留》："私来倚栏一怅然，芦花满空如柳绵。"吴芾《未腊已见四白偶得数语呈子寿且述挽留之意》："细糁芦花初着地，乱飘柳絮忽漫天。"

芦花似柳絮之柔美，亦似雪花之素净萧索。大片芦花浩浩荡荡，皓若积雪。刘长卿《奉使鄂渚至乌江道中作》："客路向南何处是，芦花千里雪漫漫。"雍裕之《芦花》："夹岸复连沙，枝枝摇浪花。月明浑似雪，无处认渔家。"文天祥《和萧秋屋韵》："芦花作雪照波流，黄叶声中一半秋。"苏轼《豆粥》："岂如江头千顷雪色芦，茅檐出没晨烟孤。"陆游《遣兴》："钓船一出无寻处，千顷江边雪色芦。"

芦花素白，宛若柳絮皓雪。河湖水岸，白芦与红蓼色彩分明。王孝严《舫斋》："一川窈窕姹红蓼，两岸芦苇明秋霜。"黄庚《江村》："十分秋色无人管，半属芦花半蓼花。"

宋，崔白，芦花羲爱，轴

王十朋《夜宿思湖口系缆芦苇间夜半闻丛中有声舟人惊起终夕为之不寐》："芦花间蓼红依白，江水归湖浊带清。"白玉蟾《浙江待潮》："秋空无尘雁可数，芦花蓼花满江渚。"

晚秋时节，芦花与蓼花相伴相依、无边无际，令人浮想联翩。《花史左编》记载了两名男子的奇遇：

青浦周士亨、江有年相友善。一日九月中，偕往渭塘舟次塘东泊一楼下，其楼不甚高，楼上二女，一白面，一红颜，倚窗笑语。两生仰视漫赋，一诗曰："凤有烟霞癖，倏然兴不群。秋声飞过雁，水面洞行云。逸思乘时发，诗名到处闻。扁舟涉方社，更喜把清芬。"盖其诗直写心怀。初不谓二女也，楼上乃大声曰：舟中有诗，楼上岂无诗乎？遂朗吟一韵，而生侧耳听之，一女吟曰："湖天秋色物凋残，花吐黄芽叶未干。夜月一滩霜皎皎，西风两岸雪漫漫。为毡却羡渔翁乐，京絮谁怜孝子单。忘在孤舟丛里宿，晓来误作玉涛看。"一女吟曰："金风棱棱泽国秋，马兰花发满汀洲。富春山下连渔屋，采石江头映酒楼。夜月光蒙银露浴，夕阳阴暗锦鳞浮。王孙醉起应声怪，铺着黄丝毯不收。"吟毕，共笑，乃以莲房藕梢俯掷两生舟。两生共起上岸，大呼，欲登楼寻之，恍惚间，不闻女声，楼亦不见。两生大骇，返舟四顾，但见芦花、白蓼、花红耳。士亨遂更号"芦汀渔叟"，有年更号"蓼塘居士"，以识其异云。

芦花蓼花不会真正变作美女，芦滩蓼渚常有渔夫出没。最有名的，当属《庄子·杂篇·渔父》中那位沿着芦苇荡撑船而去的渔父。

孔子又再拜而起曰："今者，丘得遇也，若天幸然。先生不羞，而比之服役，而身教之。敢问舍所在，请因受业而卒学大道。"客曰："吾闻之，可与往者，与之至于妙道；不可与往者，不知其道，慎勿与之，身乃无咎。子勉之！吾去子矣，吾去子矣！"乃刺船而去，延缘苇间。

文中，孔子为渔父自然本真的思想所折服。渔父孤介洒脱，俨然一位淡泊名利的高人隐士。后世诗文中，渔父往往泛舟芦花之中，而芦苇也随之成为了闲适高洁的隐逸象征。温庭筠《西江上送渔父》："三秋梅雨愁枫叶，一夜篷舟宿苇花。"张志和《渔父》："八月九月芦花飞，南溪老人重钓归。"吴锡畴《渔父》："入夜醉归横短笛，满江明月浸芦花。"纳兰性德《渔父》："收却纶竿落照红，秋风宁为剪芙蓉。人淡淡，水蒙蒙，吹入芦花短笛中。"

再看《秦风·蒹葭》。蒹葭新鲜茂盛、苍翠稠密，尚未抽穗开花，是青春时期的芦荻。不同于萧索的别离与追忆，《秦风·蒹葭》所表现的，是执着的追寻。秋日清晨，朝阳初升，一簇簇苍青色的蒹葭覆盖着白露和薄霜。男子"溯洄从之"，"溯游从之"，上下寻觅间，意中人却"宛在水中央"，"宛在水中坻"，"宛在水中沚"。

因渴慕而追寻，即便求而不得，依然锲而不舍。王国维《人间词话》："《诗·蒹葭》一篇，最得风人深致。"因其真挚动人、自然朴素，《蒹葭》成为脍炙人口的名篇。每读此诗，我们就会想起曾经拥有的少年心性。年岁渐长，为琐事所困，为生活所累，凡事习惯了权衡与考量。踌躇间，满腔热情已熄灭殆尽。

兼葭尽白、韶华已逝，再回忆起那些因犹豫不决错过的人和事，也许会默默慨叹：如果当初坚持年少时的执拗与勇敢，该多好啊。

秋分赏桂花：世上无花敢斗香

"秋分者，阴阳相半也，故昼夜均而寒暑平。"到了秋分，秋天过去了一半，这跟中秋的意思有些相近。秋分与中秋颇有渊源。秋分本是传统的"祭月节"。后因中秋有圆月，才将"祭月节"由秋分变为中秋节。皓月当空，秋风送爽，桂花飘香。在中秋前后盛开的桂花，沾染了与月亮、神仙有关的浪漫气息。

古人认为，桂花与其他所有植物都不同。其他草木都生于土地，只有桂花树是从月亮上移栽而来的。张岱《夜航船》植物部中，将桂花列于第一条："草木之花五出，雪花六出，朱文公谓地六生水之义。然桂花四出，潘笠江谓土之产物，其成数五，故草木皆五，惟桂乃月中之本，居西方，四乃西方金之成数，故四出而金色，且开于秋云。"张岱所说的桂花，指的是原生于山岭间的岩桂，也就是我们所熟悉的桂花。除了岩桂，古代文献中还有许多被称作"桂"的植物，如菌桂、牡桂、天竺桂、月中桂等。按照现代植物学分类，诗文典籍中出现的"桂"，大致可分为肉桂、月桂和岩桂三种。

最早进入大众视野的是肉桂。早在战国时期，就有关于"桂"的记载。如《山海经》："招摇之山多桂"，"皋涂之山多桂木"。屈原《九歌》："援北斗兮酌桂浆"，"辛夷车兮结桂旗"。这些诗文中的桂，就是肉桂。肉桂是樟科常绿乔木，因有辛香味，在重视祭祀的先秦时期被广泛用作香料。《神农本草经》记载，肉桂是重要的温补性药材。汉代时，方术之士将肉桂视为神仙之树，肉桂被引种至帝王宫苑。汉武帝初修上林苑，群臣献奇花异木，其中就有肉桂。遂以桂为材，修建甘泉宫灵波殿，风来自香。民间传言，食用桂子可以飞升成仙。皇帝也认为，以桂木筑台，可以引来神仙。

魏晋南北朝时期，岩桂逐渐进入人们的视野。岩桂因最初生长于山岭，名"岩桂"；因木材纹理似犀角，名"木樨"；因花香浓郁悠远，名"九里香"；因花开于秋，名"秋香"；因花细如粟，又名"金粟"。以花期划分，岩桂有八月桂、四季桂、月月桂。以颜色区分，岩桂有丹桂、金桂、银桂。丹桂色艳香淡，金桂、银桂色淡香浓。王象晋《群芳谱》："花有白者名银桂，黄者名金桂，红者名丹桂。有秋花者、春花者、四季花者、逐月花者。花四出或重台，径二三分，瓣小而圆，皮薄而不辣，不堪入药，花可入茶、酒，浸盐蜜，作香茶及面药泽发之类。"岩桂生于山谷疏林间，素来为文人所欣赏。岩桂清可绝尘的气韵，与山野空谷、涧暗飞泉、风云霜露相得益彰。庾信《山中诗》："涧暗泉偏冷。岩深桂绝香。住中能不去。非独淮南王。"骆宾王《秋日山行简梁大官》：

"百重含翠色，一道落飞泉。香吹分岩桂，鲜云抱石莲。"罗邺《骊山》："风摇岩桂露闻香，白鹿惊时出绕墙。"向子諲《点绛唇》："春蕙秋兰，断岩空谷终难近。何如逸韵。十里香成阵。"白居易《有木诗》："有木名丹桂，四时香馥馥。花团夜雪明，叶剪春云绿。风影清似水，霜枝冷如玉。独占小山幽，不容凡鸟宿。"王建《南涧》："野桂香满溪，石莎寒覆水。爱此南涧头，终日潺湲里。"岩桂有卓尔不群、凌霜不凋的高洁品性。朱熹《咏岩桂》："亭亭岩下桂，岁晚独芬芳。叶密千层绿，花开万点黄。天香生净想，云影护仙妆。谁识王孙意，空吟招隐章。"因为喜爱，文人们萌生了将其移栽至园林的想法。王绩《古意》描写岩桂之迁移："桂树何苍苍，秋来花更芳。自言岁寒性，不知露与霜。幽人重其德，徙植临前堂。连拳八九树，偃蹇二三行。枝枝自相纠，叶叶还相当。去来双鸿鹄，栖息两鸳鸯。荣荫诚不厚，斤斧亦勿伤。赤心许君时，此意那可忘。"

中秋时节，圆月皎洁，可见月上阴影。也许因为秋日里桂香飘荡，人们认为月上的阴影是桂影。刘安《淮南子》："月中有桂树。"魏晋南北朝以后，月中有桂的传说盛行，与嫦娥奔月、吴刚伐桂等故事逐渐丰满起来。冯贽《南部烟花记》记载，陈后主视张丽华为嫦娥，为其造桂宫："陈主为张丽华造桂宫于光昭殿后，作圆门如月，障以水晶。后庭设素粉罘罳，庭中空洞无他物，惟植一株桂树。树下置药杵臼，使丽华恒驯一白兔，时独步于中，谓之月宫。"段成式《酉阳杂俎》记载了吴刚劳而无功的伐桂故事："旧言月中有桂，有蟾蜍，故异书言月桂高五百丈，下有一人常斫之，树创随合。"尽管树创随合，神树不伤，诗人们还是会想象着吴刚可以砍掉桂树。木材可做寒者薪，没有桂树遮挡，月光也会更明亮。李白《赠崔司户文昆季》："欲折月中桂，持为寒者薪。"杜甫《一百五日夜对月》："无家对寒食，有泪如金波。斫却月中桂，清光应更多。"吴刚永远都砍不断桂花树，如同西方神话里西西弗斯永远无法将巨石推上山顶，是无可奈何的悲剧英雄。也许是因为月中有嫦娥为伴，也许是因为桂花香气宜人，吴刚的悲剧色彩比西西弗斯弱了许多。

据传，月亮上的桂树虽没有被吴刚砍断，但有桂子从天上落到了杭州的灵隐寺。寺中僧人说，天竺桂是由月中的桂树落子长成。《南部新书》记载，曾有僧人在中秋夜拾取桂子。此事在正史中亦有记载。《杭州府志》："月桂峰在武林山，宋僧遵式序云：天圣辛卯秋八月十五夜，月有浓华，云无纤翳，天降灵实，其繁如雨，其大如豆，其圆如珠，其色有白者黄者黑者，壳如芡实，味辛。识者曰，此月中桂子。好事者播种林下，一种即活。"天竺桂的名气不小，时人以中秋夜寻桂子为乐事。李白《送崔十二游天竺寺》："还闻天竺寺，梦想怀东越。每年海树霜，桂子落秋月。"白居易《忆江南》："江南忆，最忆是杭州；山寺月中寻桂子，郡亭枕上看潮头。"白居易《庐山桂》："偃蹇月中桂，结根依青天。天风绕月起，吹子下人间。"吟咏桂子的诗句里，最有名的是宋之问《灵隐寺》："桂子月中落，天香云外飘。"对于天竺桂，李时珍在《本草纲目》中说明："此即今闽、粤、浙中山桂也，而台州天竺最多，故名。大树繁花，结实如莲子状。天竺僧人称为月桂是矣。"岩桂花开在中秋，结子在来年春季。

清，沈振麟，十二月花神、册，桂花紫薇

诗人们所寻找的桂子，自然不是岩桂的果实。天竺桂结子在秋季，属樟科植物，跟肉桂很相近。近代以来，从海外传来几种樟科植物，也被称作"月桂"。其中最常见的，是叶子可做香料的甜月桂。古希腊人将月桂树叶编成桂冠，授予竞技比赛的获胜者。在英国，有一些优秀的诗人被皇家授予"桂冠诗人"称号。

除了杭州的灵隐寺、天竺寺，其他寺庙中也多栽种桂树。禅院之中，桂花轻拂屋檐，飘散如雪，香染禅衣，尤显素雅沉静。褚朝阳《登灵善寺阁》："飞阁青霞里，先秋独早凉。天花映窗近，月桂拂檐香。"钱起《登玉山诸峰，偶至悟真寺》："玉气交晴虹，桂花留曙月。半岩采珉者，一点如片雪。"贯休《再游东林寺作五首》："台殿参差耸瑞烟，桂花飘雪水潺潺。"李绅《寒林寺》："最深城郭在人烟，疑借壶中到梵天。岩树桂花开月殿，石楼风铎绕金仙。"郑巢《送省空上人归南岳》："峤云笼曙磬，潭草落秋萍。谁伴高窗宿，禅衣挂桂馨。"温庭筠《题中南佛塔寺》："涧苔侵客屐，山雪入禅衣。桂树芳阴在，还期岁晏归。"其中禅意最深者，当属王维《鸟鸣涧》："人闲桂花落，夜静春山空。月出惊山鸟，时鸣春涧中。"桂花落于恬淡自然之境，也落于诗人虚静无为之心。

无论从岩岭移栽而来，还是从月亮上落子而生，桂花的来历都赋予它清雅绝尘之气。步入俗世，桂花又因其美好的寓意受到世人的喜爱。因"桂"与"贵"谐音，赠人桂枝有早生贵子、喜得贵子之意。民间绘画中，桂花与桃花意为"贵寿无极"；桂花与兰花意为"兰桂齐芳"；桂花与莲花意为

"连生贵子"。对于古代读书人，桂花更象征科第吉兆。将人才比作桂，始见于《晋书》："武帝于东堂会送，问诜曰：'卿自以为何如？'诜对曰：'臣举贤良对策，为天下第一，犹桂林之一枝，昆山之片玉。'"因科举考试多在桂花盛开的季节，登科便有了"月中折桂""蟾宫折桂"之美称，及第者则被称作"桂客""桂枝郎"。为了有个好兆头，考生的吃食也要吉利，比如"广寒糕"。宋林洪《山家清供》："采桂英，去青蒂，洒以甘草水，和米春粉炊作糕，大比岁，士友咸作饼子相馈，取'广寒高甲'之谶。"

桂花香味甜美，经久不散，可做饼、可酿酒、可制茶。《花镜》提到桂花的食用："花以盐卤浸之，经年色香自在，以糖春作饼，点茶香美。"《调鼎集》里有"桂花糕"："取花，洒甘草水，和米春粉，作糕。又，桂花拌洋糖、糯米粉，印糕蒸。"做法与《山家清供》里记载的广寒糕相似。桂花酿成的酒，称为桂浆。古人认为，桂浆可延年。孔平仲《谈苑》："桂浆，殆今之桂花酿酒法。魏，有频斯国人来朝，壶中有浆如脂，乃桂浆也，饮之寿千岁。"曹唐《小游仙诗九十八首》："且欲留君饮桂浆，九天无事莫推忙。"文人雅士好饮酒，也称为酿酒的行家。《新纂香谱》《香录》等文献有关于桂花香茶的记载，其中"木犀香"篇提到："采花阴干以合香，甚奇。"高濂《遵生八笺》中，制作桂花茶的程序更为繁复："假如木樨花，须去其枝蒂及尘垢虫蚁，用磁罐，一层花一层茶，相间至满，纸箬絮固，入锅重汤煮之。取出待冷，用纸封裹，置火上焙干收用。诸花仿此。"除了制茶，桂花还可制作独特的香饮。《红楼梦》中提到珍贵的"木樨清露"：

"袭人看时，只见两个玻璃小瓶，却有三寸大小，上面螺丝银盖，鹅黄笺上写着'木樨清露'，那一个写着'玫瑰清露'。袭人笑道：'好金贵东西！这么个小瓶子，能有多少？'王夫人道：'那是进上的，你没看见鹅黄笺子？你好生替他收着，别糟踏了。'"直至今日，桂花依然是人们钟爱的食物。小区里面有几株桂花树，每逢花开时节，都有人拎着袋子采集桂花。也有惜花之人，在树下铺了薄膜，待花自落，再收回家中。将桂花阴干后保存，泡茶、煮醪糟汤圆时加一些，满室皆香。

大多数诗人热衷于吟咏桂花之香。也有一些诗人，善于发现桂花之美。有人赞其花瓣娇小，纤细如蕊。苏轼《八月十七日天竺山送桂花分赠元素》："月缺霜浓细蕊干，此花元属玉堂仙。"陆游《嘉阳绝无木犀偶得一枝戏作》："重露湿香幽径晓，斜阳烘蕊小窗妍。"有人赏其色泽鲜明，亮如金粟。杨万里《昨日访子上不遇，徘徊庭砌，观木犀而归，再以七言乞数枝》："昨携儿辈叩云关，绕遍岩花恣意看。苔砌落深金布地，水沉蒸透粟堆盘。"毛珝《浣溪沙》："绿玉枝头一粟黄，碧纱帐里梦魂香。"任希夷《赏桂》："自是庄严等金粟，不将妖艳比红裙。"李清照笔下的桂花非金非玉，自有温柔恬淡的独特魅力："暗淡轻黄体性柔，情疏迹远只香留。何须浅碧深红色，自是花中第一流。"

从古至今，没有人会拒绝桂花的香味。有人感慨花开得太盛，香气也消散得太快。如李渔《闲情偶寄》：

秋花之香者，莫能如桂。树乃月中之树，香亦天上之香也。

但其缺陷处，则在满树齐开，不留余地。予有《惜桂》诗云："万斛黄金碾作灰，西风一阵总吹来。早知三日都狼藉，何不留将次第开？"盛极必衰，乃盈虚一定之理，凡有富贵荣华一蹴而至者，皆玉兰之为春光，丹桂之为秋色。

也有人认为，桂树应成片种植，不能混杂其他树木。嵇含《南方草木状》："桂出合浦，生必以高山之巅，冬夏常青，其类自为林，间无杂树。"古有桂树成林之地，被称作"桂林"。《旧唐书·地理志》："江源多桂，不生杂木，故秦时立为桂林郡也。"曹邺《寄阳朔友人》："桂林须产千株桂，未解当天影日开，我到月中收得种，为君移向故园栽。"此处桂林，虽不知是岩桂还是肉桂，都因"不生杂木"为人称赞。文震亨《长物志》："丛桂开时，真称'香窟'。宜辟地二亩，取各种并植，结亭其中，不得颜以'天香''小山'等语，更勿以他树杂之。树下地平如掌，洁不容唾，花落地即取以充食品。"类自为林，间无杂树，桂花的香味才不会被其他味道掩盖，成为真正的"香窟"。

某年秋天，我们去河边钓夜鱼。暮色四合，河边隐约有灯光闪烁，如星如豆。车至桥头，夜风骤起，浓郁的花香冲进车窗，在毫无准备的情况下浸染了我们的头发和衣襟。花香盈怀，久不散去。大家感叹着，桥头定有一大片桂花吧，可惜看不清楚。翌日，我独自去往桥头寻找桂花林。却只在蔓藤丛生的灌木丛里，找到了两株瘦小的桂花树。看来，古人对桂花栽种环境的担心有点多余了。桂花无惧杂木。再多的杂木，都压不过它的香味。

中秋之夜，曾与友人在桂花树下聊起咏桂之诗。有人怀念曾经的少年心性："欲买桂花同载酒，终不似，少年游。"有人想到了广寒宫中嫦娥的孤寂："碧海青天夜夜心。"桂花的香味实在浓烈，我想到的诗更浅白一些："月中有客曾分种，世上无花敢斗香。"

寒露赏菊花：碎剪金英填作句

　　秋深露冷之际，菊花凌霜绽妍。菊花得名甚早，有寒露三候之说："一候鸿雁来宾；二候雀入大水为蛤；三候菊有黄华。"其中"菊有黄华"的说法源自《礼记·月令》："季秋之月，鞠有黄华。""菊"的含义，宋代陆佃《埤雅》解释："菊本作蘜，从鞠，穷也，花事至此而穷尽也。"此花开尽更无花，所以得名"菊"。对于"有黄华"，明谢肇淛《五杂俎》亦有解释："桃华于仲春，桐华于季春，皆不言有，而菊独言有者，殒霜肃杀，万木黄落，而菊独有华也。菊色不一，而专言黄者，秋令属金，金以黄为正色也。"万物肃杀，唯菊盛开，誉其"菊有华"。菊花颜色多样，因秋属金，以黄为正色，谓之"菊有黄华"。古人常以黄花指菊花，李清照有"满地黄花堆积""人比黄花瘦"等名句。

　　菊花种类繁多，南朝陶弘景以味道为标准，将菊分为两类："菊有两种，一种紫茎，黄色，气香而味甘美，叶可作羹，为真菊；一种青茎而大，作蒿艾气味，苦不堪食，名薏，非真菊也，叶正相似，以甘、苦别之。"可食用的菊花被称为真菊，不可食用的则为苦薏。屈原曾在《离骚》中吟咏"朝饮木兰之坠露，夕餐秋菊之落英"，提到了食菊的习俗。早年间，食用菊花多为生嚼。谢肇淛："古今餐菊者多生咀之，或以点茶耳，未闻有为羹者。"生嚼虽然简便，滋味却不够丰富。食菊的方法越来越多样。林洪《山家清供》中，记有油炒作羹、粟饭同煮、油煎菊苗。高濂《遵生八笺》中，记有同米煮粥、凉拌菊芽。菊花加白糖，还可制饼："黄甘菊去蒂，捣去汁，白糖和匀，印饼。加梅卤成膏，不枯，可久。"

古人服食菊花，因其味美，更为了延年益寿。《神农本草经》："菊花晚开晚落，花中之最寿者也，故其益人如此。"钟会《菊花赋》赞菊有五美："圆花高悬，准天极也；纯黄不杂，后土色也；早植晚登，君子德也；冒霜吐颖，象劲直也；流中轻体，神仙食也。"既为神仙食，服菊成仙的传说屡见不鲜。《神仙传》提到：康风子、朱孺子皆以服菊花成仙。《名山记》详叙：道士朱孺子，在吴末入王笥山，服用菊花，后来升天。有别于神话传说，李时珍《本草纲目》对其药性进行了分析：其苗可蔬，叶可啜，花可饵，根实可药，囊之可枕，酿之可饮，性甘味寒，具散风热、平肝明目之功效。

相较于餐食菊花，饮菊花酒的习俗流传得更广泛。汉代《西京杂记》："九月九日，佩茱萸，食蓬饵，饮菊花酒，令人长寿。"又对酿酒的方法作了记载："采菊花茎叶，杂秫米酿酒，至次年九月始熟，用之。"重阳日赏菊花饮酒，是人生一大乐事。若有花无酒，便是憾事了。陶渊明就曾遭遇此等憾事。某年重阳节，他没有备酒过节，只好漫步菊丛中，采摘了一大把菊花，久久坐在屋旁。忽见一位穿白衣的人前来，称奉王弘之命送酒。陶渊明接过酒，即饮至醉。"白衣送酒"成为有名的典故。唐代皇甫冉《重阳日酬李观》："不见白衣来送酒，但令黄菊自开花。"元代卢挚《沉醉东风·重九》："衰柳寒蝉一片愁，谁肯教白衣送酒。"白衣送酒，人人心向往之，却可遇不可求。

东晋陶渊明爱菊成癖，遍植菊花。他种植的是九华菊，白瓣黄心，清香素雅。他没有专写菊花的诗，但有不少描写菊花的句子散见于诗文。《饮酒其五》："采菊东篱下，悠然见南山。"《饮酒其四》："秋菊有佳色，裛露掇其英。"《九日闲居并序》："酒能祛百虑，菊解制颓龄。"他写菊花，并不绘其形貌与色泽，而是书其品格与气节。菊花如酒，已经融入到了他的日常生活中，融入到了他的精神世界里。他喜爱高洁坚贞之物，多次将菊与松相提并论。《和郭主簿其二》："芳菊开林耀，青松冠岩列。怀此贞秀姿，卓为霜下杰。"《归去来兮辞并序》："三径就荒，松菊犹存。"自此，菊花洗尽尘俗气，成为高风亮节、与世无争之花，甚至有了"陶菊"的雅称。陶渊明被称作"古今隐逸诗人之宗"，菊花也就成为"花之隐逸者"。

"大隐隐于市，小隐隐于野。"古代的隐士很多，归隐的原因与目的却各有不同。有时候，隐逸是出仕的铺垫。垂钓于渭水滨的姜子牙，躬耕于南阳的诸葛亮，他们都曾以隐居的方式韬光养晦，以待明主。有时候，隐逸是放松的方式。白居易、刘禹锡等身居高位者建造别院庄园短暂居住，用以休养身心、点缀生活。有时候，隐逸是享乐的措辞。不乏有钱有闲的贵族子弟，造精舍蓄美眷，恣意奢侈。陶渊明是真正的隐士。他的隐逸不是铺垫、不是逃避、不是享乐，而是对自然的回归。他在《归园田居其一》写道："少无适俗韵，性本爱丘山。"后人在他身上看到洒脱、自由和恬淡，却往往忽略了他的艰苦和辛劳。

陶渊明不为五斗米折腰，挂印而去，重新开始了亲自耕种的生活。他劳作于田园，不是为了体验，而是为了生存。《归园田居其三》："种豆南山下，草盛豆苗稀。晨兴理荒秽，带月荷锄归。"《庚戌岁九月中于西田获早稻》："开春理常业，岁功聊可观；晨出肆微勤，日入负耒还。"亲耕亲种实属不易，生活虽然非常清苦，但内心是踏实平静的。"短褐穿结，箪瓢屡空，晏如也。"他隐逸的念头是笃定的。四次辞官，即便晚年贫病交加，还是断然拒绝了朝廷征召。

陶渊明后，写菊的诗文大增。白居易《咏菊》："一夜新霜著瓦轻，芭蕉新折败荷倾。耐寒唯有东篱菊，金粟繁开晓更清。"元稹《菊花》："秋丛绕舍似陶家，遍绕篱边日渐斜。不是花中偏爱菊，此花开尽更无花。"李商隐《菊花》："暗暗淡淡紫，融融冶冶黄。陶令篱边色，罗含宅里香。几时禁重露，实是怯残阳。愿泛金鹦鹉，升君白玉堂。"范成大《重阳后菊花》："寂寞东篱湿露华，依前金靥照泥沙。世情儿女无高韵，只看重阳一日花。"沈周《菊》："秋满篱根始见花，却从冷淡遇繁华。西风门径含香在，除却陶家到我家。"千变万化的诗文中，菊花的品格始终与陶诗一脉相承，咏菊，即是咏陶渊明，也是在言说自己的志趣。诚如《红楼梦》中，林黛玉《咏菊》所言："一从陶令评章后，千古

清，沈振麟，十二月花神，册，菊花枫树

高风说到今。"

同样是菊花，有人赞它的隐逸，亦有人赏它的霸气。唐末黄巢的咏菊诗别具一格。少年时期的《题菊花》乃是托物言志："飒飒西风满院栽，蕊寒香冷蝶难来。他年我若为青帝，报与桃花一处开。"科举落第后的《不第后赋菊》更是豪气干云："待到秋来九月八，我花开后百花杀。冲天香阵透长安，满城尽带黄金甲。"明朝开国皇帝朱元璋的《咏菊》显然受了黄巢的影响，仿佛平地惊雷："百花发时我不发，我若发时都吓杀。要与西风战一场，遍身穿就黄金甲。"

热爱菊花的文人不少，关于菊花的故事自然不少。苏东坡与王安石还有过残菊之辩。王安石作《残菊》："黄昏风雨过园林，残菊飘零满地金"。苏东坡不曾亲见过凋落的菊花，且在之前读过郑思肖的寒菊诗："宁肯枝头抱香死，何曾吹落北风中"，于是续了两句诗："秋花不比春花落，为报诗人仔细吟。"苏东坡因此得罪王安石，被贬谪黄州。到黄州后，苏东坡第一次看到菊花落瓣、遍地黄金，才慨叹于天下之大，惭愧于眼界之狭。

在漫长的文化积淀中，菊花的地位愈发重要。它是"花中十友"的佳友，是"十二客"中的寿客，与梅、兰、竹并称为"花中四君子"。随着菊花种类不断丰富，艺菊专著也相继问世。北宋年间，刘蒙著《菊谱》，将三十多个品种的菊花分为黄、白、杂色三类。之后，史正志作《菊谱》，范成大作《范村菊谱》。史铸《百菊集》记载菊花百余种，是关于菊花品种、栽培、典故、诗文的合集。清代计楠《菊说》载有菊花两百余种，并详细介绍了储土、蓄肥、分苗、灌溉、修葺、扦接、保叶、捕虫等种植之法。

花木种植辛苦，栽种菊花尤为烦琐。李渔在《闲情偶寄》中，记录了艺菊的不易。

花者，秋季之牡丹、芍药也。种类之繁衍同，花色之全备同，而性能持久复过之。从来种植之书，是花皆略，而叙牡丹、芍药与菊者独详。人皆谓三种奇葩，可以齐观等视，而予独判为两截，谓有天工人力之分。何也？牡丹、芍药之美，全仗天工，非由人力。植此二花者，不过冬溉以肥，夏浇为湿，如是焉止矣。其开也，烂漫芬芳，未尝以人力不勤，略减其姿而稍俭其色。花之美，则全仗人力，微假天工。艺菊之家，当其未入土也，则有治地酿土之劳，既入土也，则有插标记种之事。是萌芽未发之先，已费人力几许矣。迨分秧植定之后，劳瘁万端，复从此始；防燥也，虑湿也，摘头也，掐叶也，芟蕊也，接枝也，捕虫掘蚓以防害也，此皆花事未成之日，竭尽人力以俟天工者也。即花之既开，亦有防雨避霜之患，缚枝系蕊之勤，置盎引水之烦，染色变容之苦，又皆以人力之有余，补天工之不足者也。

为此一花，自春徂秋，自朝迄暮，总无一刻之暇。必如是，其为花也，始能丰丽而美观，否则同于婆娑野菊，仅堪点缀疏篱而已。若是，则花之美，非天美之，人美之也。人美之而归功于天，使与不费辛勤之牡丹、芍药齐观等视，不几恩怨不分，而公私少辨乎？吾知敛翠凝红而为沙中偶语者，必花神也。

他特意将菊花与牡丹、芍药相比较。认为牡丹和芍药的美，主要靠天工，而不是靠人力。但菊花的美，几乎全靠人力，只能稍借天工。抗旱、防涝、摘头、掐叶、去蕊、接枝、捉虫、防雨避霜、缚枝系蕊、置盏引水，从春到秋，从早到晚，无一刻闲暇。如果用种菊人不图安逸的精神来磨砺身心，定会成为圣贤；如果用种菊人的毅力来潜心学习，定能功成名就。

艺菊是技术，更是艺术。艺菊人将其视为修心养性之道，在栽种之余，还会组织观摩、品评、赋诗、饮酒。若看过大型菊展，就会惊叹于艺菊人精湛的技艺。赏菊是一件隆重的盛事。明末张岱曾在《陶庵梦忆》中记录受邀赏菊的经历，谓之《菊海》。

兖州张氏期余看菊，去城五里，余至其园，尽其所为园者而折旋之，又尽其所不尽为园者而周旋之，绝不见一菊，异之。移时，主人导至一苍莽空地，有苇厂三间，肃余入，遍观之，不敢以菊言，真菊海也。厂三面，砌坛三层，以菊之高下高下之。花大如瓷瓯，无不球，无不甲，无不金银荷花瓣，色鲜艳，异凡本，而翠叶层层，无一叶早脱者。此是天道，是土力，是人工，缺一不可焉。兖州缙绅家风气袭王府，赏菊之日，其桌，其炕、其灯、其炉、其盘、其盒、其盆盎、其肴器、其杯盘大觥、其壶、其帏、其褥、其酒、其面食、其衣服花样，无不菊者。夜烧烛照之，蒸蒸烘染，较日色更浮出数层。席散，撤苇帘以受繁露。

日本也有艺菊赏菊之风。嵯峨天皇仿效唐风，在宫中广栽菊花，称为"嵯峨菊"。后鸟羽上皇钟爱菊花，将十六瓣菊花镌刻于刀剑之上，继而成为日本皇室的纹章。重阳佳节，君臣共饮菊花酒。菊花开败，还会设残菊宴践行。设宴吟咏、祈愿长寿等仪式逐渐从贵族扩展到平民，还兴起了菊花人物展览"菊人形"。来自民间的"菊细工"多为家传，拥有菊艺绝活。

我曾经在东京参观过秋祭的菊花展。当时，参展的有日本菊花协会、东京菊花会、日本香菊会、东京都立农产高等学校等十来个公私单位。一盆盆经过仔细甄选的菊花，颜色各异，叶片舒展，花瓣丰满洁净，一丝一脉如攒珠碎玉，精气流溢，毫无颓败凋零之相。逸韵幽香，淡然世外，却动人心脾。

最精妙的，是用菊苗做成的盆栽。四方小盆内，有院落，有茅屋，有曲径豆篱。修剪过的菊苗置于其中，仿佛苍翠遒劲的古木。小小的叶子，便成为一大片绿荫。其下有孩童避雨，有猫狗嬉戏。好一派安闲恬淡的农家景致。

大饱眼福的机会并不多。如若被俗事所扰，无暇抽身赏菊，该如何领略菊花的风姿呢？辽道宗耶律洪基向往汉文化，善作诗赋。他曾经收到臣子李俨的《黄菊赋》，题诗其上："昨日得卿《黄菊赋》，碎剪金英填作句。袖中犹觉有余香，冷落西风吹不去。"他称赞李俨字字传神，仿佛将菊英剪碎填成句子，香气盈怀，久不散去。这是菊花的魅力，也是汉字的魅力。

霜降赏芙蓉：逍遥独抱拒霜姿

霜降时节，百花凋零，河边的芦苇和荻花也如积雪消逝。林间黄叶斑驳，一片萧索，只有木芙蓉依然绽放明丽鲜艳的花朵。芙蓉之名，原指水芙蓉，即荷花，最早出自屈原《离骚》："制芰荷以为衣兮，集芙蓉以为裳。"木芙蓉植于水边，形态色泽与荷花相似，故而得"芙蓉"之名。《广群芳谱》："芙蓉有二种，出于水者，谓之草芙蓉；出于陆者，谓之木芙蓉。"为与荷花相区别，芙蓉又称为木芙蓉、地芙蓉。相应的，荷花则称作草芙蓉、水芙蓉。如今，已少有人将荷花称作芙蓉。提到芙蓉，一般都专指木芙蓉了。因芙蓉盛开于秋天，多植于水边，又被誉为秋江主人、拒霜花。

荷花生于水中，木芙蓉亦性喜近水。有史料载："芙蓉宜植池岸，临水为佳。若他处植之，绝无丰致。"古人赏花讲究情致，常将木芙蓉与水芙蓉相伴而种，池畔植木芙蓉，池中植荷花，二者相映成趣。李渔《闲情偶寄》：

水芙蓉之于夏，木芙蓉之于秋，可谓二季功臣矣。然水芙蓉必须池沼，"所谓伊人，在水一方"者，不可数得。茂叔之好，徒有其心而已。木则随地可植。况二花之艳，相距不远。虽居岸上，如在水中，谓之秋莲可，谓之夏莲亦可，即自认为三春之花，东皇未去也亦可。凡有篱落之家，此种必不可少。如或傍水而居，隔岸不见此花者，非至俗之人，即薄福不能消受之人也。

因名称相同，种植地相近，古代诗文中，常将木芙蓉与荷花相提并论，有时甚至难以分辨。白居易《长恨歌》中有名句："归来池苑皆依旧，太液芙蓉未央柳。芙蓉如面柳如眉，对此如何不泪垂。"不知此处芙蓉是太液池中的荷花还是池畔的木芙蓉。又如曾巩《芙蓉台》："芙蓉花开秋水冷，水面无风见花影。"此处的芙蓉，亦不能确定是大明湖中的荷花，还是湖畔的木芙蓉。相较之下，白居易《木芙蓉花下招客饮》写得很明白："莫怕秋无伴醉物，水莲花尽木莲开。"莲花开尽、莲子结实之际，池畔木芙蓉在浓荫中零星绽放。粉红、雪白的花朵倒映于水中，随波荡漾，恰似——风荷举。备酒对花小酌，自是别有情致。

作为伴醉之物，木芙蓉比水芙蓉更为合宜。因颜色移时而变，由浅入深，木芙蓉又称醉芙蓉。有芙蓉"一日间凡三色"之说，清晨皎白如月，正午秾艳如桃，傍晚转为深红，得"三醉芙蓉"之名。还有变色较慢的芙蓉，一日色白，二日色黄，三日浅红，四日深红，花落转紫，被称作"弄色芙蓉"。花色之变，犹如美人醉酒。白居易《木芙蓉》："晚涵秋雾谁相似，如玉佳人带酒容。"王安石《木芙蓉》亦赞其醉态："水边无数木芙蓉，露染燕脂色未浓。正似美人初醉著，强抬青镜欲妆慵。"许是因为醉态迷人，有雍容之风，不少人将其比作牡丹，或直呼为"秋牡丹"。白居易《画木莲花图寄元郎中》："花房腻似红莲朵，艳色鲜如紫牡丹。"郑域《木芙蓉》："若遇春时占春榜，牡丹未必作花魁。"周必大《二老堂诗话》："花如人面映秋波，拒傲清霜色更和。能共余容争几许，得人轻处只缘多。"又将其与芍药对比。他认为芙蓉不及芍药受重视，只因为开得太多了。

虽诗人频将芙蓉与荷花、牡丹、芍药相比较，但芙蓉在古代文化中的地位并不高。张翊《花经》中，芙蓉为九品一命。张谦德《瓶花谱》中，芙蓉上升至六品四命，地位依然不高。袁宏道《瓶史》："花之有使令，犹中宫之有嫔御，闺房之有妾媵也。"又云："木樨以芙蓉为婢。"将芙蓉视作桂花的侍婢。

古代文人赏花重格调，不只欣赏外形，更要探究品质。人们从喜爱其娇艳之姿转向赞许其傲霜之态，芙蓉清雅绝尘的形象终于脱颖而出。《广群芳谱》称赞芙蓉："此花清姿雅质，独殿众芳。秋江寂寞，不怨东风，可称俟命之君子矣。"范成大《菩萨蛮》："冰明玉润天然色。凄凉拚作西风客。不肯嫁东风。殷勤霜露中。"苏东坡则将芙蓉作宜霜解："千林扫作一番黄，只有芙蓉独自芳；唤作拒霜知未称，细思却是最宜霜。"

芙蓉清冷孤傲的气质、风刀霜剑的处境与《红楼梦》里的晴雯很相似。宝玉所作《芙蓉女儿诔》中，开篇称晴雯为"芙

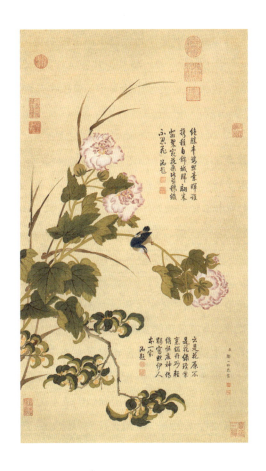

清，邹一桂，芙蓉丹桂，轴

蓉女儿":"维太平不易之元,蓉桂竞芳之月,无可奈何之日,怡红院浊玉,谨以群花之蕊,冰鲛之縠,沁芳之泉,枫露之茗,四者虽微,聊以达诚申信,乃致祭于白帝宫中抚司秋艳芙蓉女儿之前。"宝玉写完长文,将其悬挂于芙蓉花枝祭拜。《红楼梦》中另一位被誉为芙蓉花的女子,是抽中芙蓉花笺的林黛玉。

黛玉默默地想道:"不知还有什么好的被我掣着方好。"一面伸手取了一根,只见上面画着一枝芙蓉,题着"风露清愁"四字,那面一句旧诗,道是:"莫怨东风当自嗟。"注云:"自饮一杯,牡丹陪饮一杯。"众人笑说:"这个好极。除了他,别人不配作芙蓉。"黛玉也自笑了。

此处花笺上的芙蓉是水芙蓉还是木芙蓉尚无定论。有人认为是水芙蓉,因为荷花的文化地位与宝钗抽中的牡丹相当。也有人认为是木芙蓉,因为风露清愁、莫怨东风更符合对木芙蓉的评价。再者,黛玉号"潇湘妃子",而湖南的木芙蓉极多。此说虽有附会之嫌,但湖南确是广植木芙蓉之地。

湖南自古盛产木芙蓉,因而有"芙蓉国"之美称。谭用之《秋宿湘江遇雨》:"秋风万里芙蓉国,暮雨千家薜荔村。"浙江温州瓯江两岸遍植芙蓉,瓯江也被称作芙蓉江。以芙蓉为名的地方不少,典故最美的,当属"蓉城"。据说,蜀后主孟昶曾在成都城上种植芙蓉,花开似锦,成都因此又名锦城。以孟昶种植芙蓉作为锦城来历,其可信度不太高,毕竟唐代杜甫就曾写过:"锦官城外柏森森""花重锦官城。"

但孟昶植芙蓉之事屡被后人提及，且有"芙蓉护城"一说。据说，因芙蓉树根系发达，种于城墙，可防筑墙之土被雨水冲走。

还有一种更美好的解释，成都的满城芙蓉皆因花蕊夫人而种。花蕊夫人容貌极美，有云："花不足以拟其色，蕊差堪状其容。"孟昶十分宠爱花蕊夫人。因花蕊夫人喜爱芙蓉花，为讨她欢心，孟昶命人在全城遍植芙蓉。花蕊夫人貌美惊人，孟昶与她恩爱非常，在苏轼所续《洞仙歌》中可见一斑："冰肌玉骨，自清凉无汗。水殿风来暗香满。绣帘开，一点明月窥人，人未寝，欹枕钗横鬓乱。起来携素手，庭户无声，时见疏星渡河汉。试问夜如何？夜已三更，金波淡，玉绳低转。但屈指，西风几时来，又不道，流年暗中偷换。"词有小序："仆七岁时，见眉州老尼，姓朱，忘其名，年九十岁。自言尝随其师入蜀主孟昶宫中，一日大热，蜀主与花蕊夫人夜纳凉摩诃池上，作一词，朱具能记之。今四十年，朱已死久矣，人无知此词者，但记其首两句，暇日寻味，岂《洞仙歌》令乎？乃为足之云。"后蜀灭亡后，花蕊夫人入宋宫。宋太祖早闻花蕊夫人才名，命其作诗。夫人随口成诵："君王城上竖降旗，妾在深宫哪得知。十四万人齐解甲，宁无一个是男儿。"其气节才情令太祖折服。

除了观赏，芙蓉用处很多。李时珍《本草纲目》："芙蓉花并叶，气平而不寒不热，味微辛而性滑涎粘，其治痈肿之功，殊有神效。"又云："清肺凉血，散热解毒。"宋人多风雅，曾用芙蓉花瓣煮豆腐，艳红雪白，色香俱全，冠以美名"雪霁羹"。更为风雅的蜀中才女薛涛，发明了用木芙蓉染色的"薛涛笺"。据传，薛涛笺由浣花溪水，木芙蓉皮，芙蓉花汁制作而成。宋应星《天工开物》："四川薛涛笺，亦芙蓉皮为料煮糜，入芙蓉花末汁，或当时薛涛所指，遂留名至今。其美在色，不在质料也。"其美在色，便是从芙蓉花汁中得来的深红色。薛涛笺精致纤丽，最宜题诗，广为流行，直至今日。

"芙蓉襟闲，宜寒江，宜秋沼，宜微霖，宜芦花映白。宜枫叶摇丹。"我未曾见过寒江微霖、枫红芦白的赏花之境，也未曾于深秋去成都欣赏芙蓉如锦的壮景。在重庆，芙蓉多为行道树。办公室下面有一条忙碌的马路。车来车往，尘土飞扬。虽有洒水车时常清洗，道旁的花与树难免蒙尘。芙蓉花开落迅疾，每日都有新鲜的花朵绽放。倦乏之际抬眼远望，灰蒙蒙的天地间，芙蓉绿叶冉冉，红白双色的花朵栖满枝头、随风摇动，心中也会平添几分逍遥快乐。

立冬赏银杏：洞庭秋色满盘堆

立冬时节，菊花、芙蓉已谢，蜡梅、水仙未开，幸好还有银杏。仿佛就在一夕之间，满城的银杏叶黄透了，微信朋友圈被银杏叶刷了屏。有别于其他落叶的焦黄委顿，银杏叶通体璀璨，色如纯金，全无枯槁之态。不必去远方的银杏村落，江北中央公园、沙坪坝大学城都是赏银杏的好去处。若更宅一些，站在小区阳台晾衣服，一抬头，可见到几株灼目的银杏。超市排队时一回头，满街黄灿灿的银杏映入眼中。银杏叶无处不在。所有人都沐浴在银杏叶的海洋里。银杏叶色彩绚烂，形状也独特。微风过处，满树叶片晃动，远看似金箔翻飞，近看如金铃摇摆。

每次看到近代引入的美好草木，我都会遗憾，若其原生于中国，定会增加许多锦句华章。诗词典籍中关于银杏的记载寥寥。西汉司马相如在《上林赋》中罗列了名贵植物："沙棠栎楮，华枫枰栌。"东晋庾信《枯树赋》写到树龄达千年的古木："若夫松子、古度、平仲、君迁，森梢百顷，槎枿千年。"今人推测，《上林赋》中的"枰"，以及《枯树赋》中的"平仲"，即后人所称的银杏。

银杏叶状如小扇，中有齿缺，仿佛鸭蹼，因此被人称作"鸭脚"。李时珍《本草纲目》云："银杏生江南，以宣城为胜。树高二三丈。叶薄纵理，俨如鸭掌形，有刻缺，面绿背淡。"自宋以降，关于银杏的诗文逐渐增加，大多赞叹其珍贵难得。梅尧臣的故乡宣城郡多产银杏，他引以为傲，作《答友人》："北人见鸭脚，南人见胡桃；识内不识外，疑若橡栗韬。鸭脚类绿李，其名因叶高。吾乡宣城郡，每此以为劳。种树三十年，结籽防山猱。剥核手无肤，持置宫省曹。今喜生都下，荐酒压葡萄。初闻帝苑夸，又复王第褒。累累谁采掇，玉碗上金鳌。"欧阳修得到百个银杏，喜不自胜，作诗答谢《梅圣俞寄银杏》："鹅毛赠千里，所重以其人。鸭脚虽百个，得之诚可珍。"

阮阅《诗话总龟》记载了银杏从南方移栽至京师的过程："京师旧无银杏，附马都尉李文和自南方来，植于私第，因而着子，自后稍稍蕃多，不复以南方为贵。"欧阳修还有一首《和圣俞李侯家鸭脚子》：

鸭脚生江南，名实未相浮。绛囊因入贡，银杏贵中州。致远有余力，好奇自贤侯。因令江上根，结实夷门秋。始摘才三四，金奁献凝旒。公卿不及识，天子百金酬。岁久子渐多，累累枝上稠。主人名好客，赠我比珠投。博望昔所徙，葡萄安石榴。想其初来时，厥价与此侔。今也遍中国，篱根及墙头。物性久虽在，人情逐时流。惟当记其始，后世知来由。是亦

日本江户晚期、岩崎灌园，《本草图谱》，银杏

史官法，岂徒续君讴。

他认为，物以稀为贵。过不了多久，银杏就会如同葡萄安石榴等外来物种一样，遍及中国。欧阳修没能预料到，银杏很难广泛流行。它既非外来物种，也不是普通的果木。它生长缓慢，雌雄异株，结果不易，有"公种而孙得食"的说法，因而又名"公孙树"。

古代吟咏银杏的诗词不多，仅有的几句都在描写银杏果的滋味。

如黄庭坚《送舅氏野夫之宣城二首其一》："藉甚宣城郡，风流数贡毛。霜林收鸭脚，春网荐琴高。"友人离京前往盛产银杏的宣城任职。诗人列举了宣城丰富的物产，比如被称作鸭脚的银杏，以及被称作琴高的鲤鱼。杨万里《银杏》："深灰浅火略相遭，小苦微甘韵最高。未必鸡头如鸭脚，不妨银杏伴金桃。"一句"小苦微甘韵最高"道出了银杏特别的滋味。鸡头是植物芡的别称，生于江南水泽，是著名中药，其果实即"芡实"。吴宽《谢济之送银杏》饶有生活趣味："错落朱提数百枚，洞庭秋色满盘堆。霜余乱摘连柑子，雪里同煨有芋魁。不用盛囊书后写，料非钻核意无猜。却愁佳惠终难继，乞与山中几树栽。"有人写银杏果，亦有人写银杏花。将鸭脚与鸡头相提并论的，还有皮日休《题支山南峰僧》："云侵坏衲重隈肩，不下南峰不记年。池里群鱼曾受戒，林间孤鹤欲参禅。鸡头竹上开危径，鸭脚花中擿废泉。无限吴都堪赏事，何如来此看师眠。"虽用鸡头鸭脚的俗名，却意境悠远，不落俗套。有人写银杏果，有人写银杏花，却少有人写银杏叶。

《长物志》云："银杏株叶扶疏新绿时最可爱。"秋冬季节，银杏叶色如纯金，绚烂璀璨，古人视而不见。好在陆游发现了秋日银杏叶之美。"鸭脚叶黄乌桕丹，草烟小店风雨寒。"风雨之中，银杏的黄叶与乌桕的红叶相互掩映，是深秋最美的景致了。

　　与松柏相比，银杏在传统文化中的存在感不强。也许，岁寒不凋的松柏更能代表坚贞不屈的品质。实际上，不论是银杏种类还是单株植物，都担得起"古老"的评价。银杏为银杏科银杏属落叶乔木，历史十分悠久，堪称众木之祖。第四纪冰川之后，大量裸子植物急剧消亡，银杏存活下来，成为了古老的孑遗，有活化石的美称。银杏树的寿命极长，可达三千年。在中国西南的贵州、四川等地，有不少古银杏村落。贵州省盘州市妥乐村有古银杏 1200 余株，其中最古老的树龄达 1200 年，是世界上古银杏密度最高、保存最好的地方，被誉为"世界古银杏之乡"。被称作"银杏之乡"的，还有江苏泰兴、江苏邳州、山东郯城、浙江长兴、广东南雄等地。

　　作为古老的孑遗，银杏的风格典雅端肃，极少与情爱产生关联。李清照写过《瑞鹧鸪·双银杏》："风韵雍容未甚都，尊前甘橘可为奴。谁怜流落江湖上，玉骨冰肌未肯枯。谁教并蒂连枝摘，醉后明皇倚太真。居士擘开真有意，要吟风味两家新。"《双银杏》道出了夫妻间的患难与共、心心相印。银杏随丝绸之路传播到欧洲。歌德手植银杏于宅边，惊叹于银杏叶奇特的形状，写下了《二裂银杏叶》："生着这种叶子的树木，从东方移进我的园庭；它给你一个秘密启示，耐人寻味，令识者振奋。它是一个有生命的物体，在自己体内一分为二？还是两个生命合在一起，被我们看成了一体？也许我已找到正确答案，来回答这样一个问题：你难道不感觉在我诗中，我既是我，又是你和我？"二裂银杏叶引发了诗人的哲思，也让诗人抒发了对玛莉安诚挚的爱恋之情，虽然这段恋情最终未能修成正果。

故乡小镇有两株古银杏，不知年岁，挂了重点保护的牌子。古木巨干擎空、拔地参天，据村里的老人说，那是神树。神树有神力，哪根枝条先落叶，它所指的方向就有人去世。传说也许仅仅是巧合。但因为传说的存在，人们的敬畏之心代代相传，让它们长成了参天古木。每年白果成熟落地，小孩子相约捡拾。住在村里的小伙伴每年会捎给我一些，并嘱咐我小心中毒。因为珍贵，每次吃得不多，也从未中毒。《三元参赞延寿书》记载了白果的毒性："白果生引疳，解酒；熟食益人，然不可多食，腹满，有云满一千个者，死。此物二更开花，三更结子，当是阴毒之物。"白果炖汤，细腻香糯，滋味微苦却回味无穷。

我敬畏一切太过美好之物，正如今夜的银杏树叶。它们曾拥有漫长的青春，迟迟不敢成熟，只因成熟即意味着凋零。寒冬已至，该来的终究来了。此刻，它们拥有纸扇的形状和金箔的质地，层层叠叠，隆重而华丽，招摇而奢侈，没有一丝瑕疵。也许今夜，它们就会在寒风里纷纷扬扬，安静地跌落在广场和公路上，为晨练的老人扮一次大雪初霁的可爱模样，很快又将零落成泥碾作尘，消失得无影无踪。

小雪赏柑橘：正是橙黄橘绿时

小雪刚过，气温骤降。秋雨萧瑟，冬雨凛冽。北方的春天来得慢，春寒料峭，春草连烟。对于身在北方皇城的韩愈而言，"天街小雨润如酥，草色遥看近却无"是最美的景致。蜀人苏东坡的看法却不同。他认为，最好的时节是初冬："荷尽已无擎雨盖，菊残犹有傲霜枝。一年好景君须记，正是橙黄橘绿时。"荷花早已开尽，荷叶已然凋零，菊花也逐渐枯萎。林寒涧肃，草木萧疏。然而，橙黄橘绿足以胜过红紫芳菲。

因为家乡在盛产柑橘的三峡地区，东坡先生的诗让我很有共鸣。入冬不久，柑橘挂果成熟。小贩们先是一篓篓卖，再是一担担卖，最后一车车卖，很快铺满每个场镇的集市。吃柑橘如同喝水。拥有吃不完的柑橘，才算是最丰饶的冬天。

群山起伏、江流宛转的三峡是孕育新物种的摇篮。有研究者称，柑橘的起源地也许就在此地。橘是最早被记载的水果。《山海经》："东北百里，曰荆山，其阴多铁，其阳多赤金，其中多牦牛，多豹虎，其木多松柏，其草多竹，多橘柚。"古早时期，人们很难分清橘与柚。孔安国云："小曰橘，大曰柚。"因此，古籍常将橘柚并用。《周书》："秋食楂梨橘柚。"《庄子》："故譬三皇五帝之礼义法度，其犹楂梨橘柚邪，其味相反而皆可于口。"《韩非子》："树橘柚者，食之则甘，嗅之则香。"

各类记载柑橘的文字中，最有名的，是千古名篇《橘颂》。作为三峡人，屈原吃着橘子长大，自然认为橘树形神俊美，是世间最美好的树。

后皇嘉树，橘徕服兮。受命不迁，生南国兮。深固难徙，更壹志兮。绿叶素荣，纷其可喜兮。曾枝剡棘，圆果抟兮。青黄杂糅，文章烂兮。精色内白，类任道兮。纷缊宜修，姱而不丑兮。嗟尔幼志，有以异兮。独立不迁，岂不可喜兮。深固难徙，廓其无求兮。苏世独立，横而不流兮。闭心自慎，不终失过兮。秉德无私，参天地兮。原岁并谢，与长友兮。淑离不淫，梗其有理兮。年岁虽少，可师长兮。行比伯夷，置以为像兮。

句句颂橘又不仅颂橘，堪称第一咏物诗。屈原称赞橘树"受命不迁""深固难徙"，亦是抒发自己矢志不渝的爱国情志。

古人以为，淮南的橘树，移栽到淮北就会变为枳树，即"南橘北枳"。据说，这个成语演化于《晏子春秋》：

晏子至，楚王赐晏子酒，酒酣，吏二缚一人诣王。王曰："缚者曷为者也？"对曰："齐人也，坐盗。"王视晏子曰：

"齐人固善盗乎？"晏子避席对曰："婴闻之，橘生淮南则为橘，生于淮北则为枳，叶徒相似，其实味不同。所以然者何？水土异也。今民生长于齐不盗，入楚则盗，得无楚之水土使民善盗耶？"

楚王让人绑着齐国的盗贼经过，讽刺齐国人都擅长偷盗。晏子反问道，橘树生于淮南为橘，生于淮北为枳。百姓在齐国不偷盗，到了楚国就偷东西，莫非楚国的水土会让人变得善偷？

晏子口齿伶俐，素有急智，留下了许多有趣的故事。但"南橘北枳"一说，却是个误会。橘子受生长环境影响，在南方栽植，能长出又大又甜的橘子，在北方栽植，则只能结出又硬又涩的枳。造成这种现象的原因，应该是嫁接技术的失败。柑橘通过嫁接技术繁殖。在北方，需要以枳为砧木。若接穗未能存活，最后结出的依然是枳的果实，而非由橘变为枳。

橘子是古代重要的经济作物，品质好的橘子极受追捧。张岱为了买陈氏橘，宁迟，宁贵，宁少。《樊江陈氏橘》云：

樊江陈氏，辟地为果园，枸菊围之。自麦为蒟酱，自秫酿酒。酒香洌，色如淡金蜜珀，酒人称之。自果自蓏，以螯乳醴之为冥果。树谢橘百株，青不撷，酸不撷，不树上红不撷，不霜不撷，不连蒂剪不撷。故其所撷，橘皮宽而绽，色黄而深，瓤坚而脆，筋解而脱，味甜而鲜。第四门陶堰道墟以至塘栖，皆无其比。余岁必亲至其园买橘，宁迟，宁贵，宁少。购得之，用黄砂缸藉以金城稻草或燥松毛收之。阅十日，草有润气，又更换之。可藏至三月尽，甘脆如新撷者。枸菊城主人橘百

陈之佛，柑熟来禽

树，岁获绢百匹，不愧木奴。

《樊江陈氏橘》中提到的"木奴"，出自丹阳太守李衡的典故。裴松之注引《襄阳记》：

李衡，字叔平，为南阳太守每欲治家，妻辄不听，后密遣客十人于武陵龙阳洲上作宅，种甘橘千树。临死，敕儿曰："汝母恶我治家，故穷如是。吾洲里有千头木奴，不责汝衣食，岁上一匹绢，亦可足用矣。"衡亡后二十余日，儿以白母，母曰："此当是种甘橘也，汝家失十户客来七八年，必汝父遣为宅。汝父常称太史公言：'江陵千树橘，当封君家。'"吾答曰："且人患无德义，不患不富，若贵而能贫，方好耳，用此何为！"吴末，衡甘橘成，岁得绢数千匹，家道殷足。

柑橘树好似不费衣食的奴才，是李衡留给家人最宝贵的财富，后人因此泛称其他果树为"木奴"。后世文人对橘子从"后皇嘉树"变成"木奴"颇多微词。柳宗元《柳州城西北隅种柑树》："方同楚客怜皇树，不学荆州利木奴。"贯休《庭橘》："不缘松树称君子，肯便甘人唤木奴。""木奴"为衣食而生，精神高度远不及"后皇嘉树"。但作为有妻有子的世俗中人，李衡也算是非常有家庭责任感的好男人了。

柑橘家族的成员极多，常见的有橘、柑、橙、柚等。香橼、柚和宽皮橘是它们最早的祖先。柚和宽皮橘杂交产生橙，柚和橙杂交产生葡萄柚，宽皮橘和橙杂交产生柑，香橼和橙杂交产生柠檬……不断杂交，不断有新品种产生。橘子传至美洲，又增加了新的品种——脐橙。脐橙回到中国，再次选择了适宜生长的故乡。记得上高中时，每到柑橘成熟的时节，满街满巷都是圆溜溜的橙子，其中大多是脐橙。脐橙价格不贵，果实硕大，滋味甘甜，水分充足。几人围坐闲聊，不用喝茶，分吃一个大橙子就足够了。

柑橘形态柔和，颜色温暖，天生具有治愈力。朱自清《背影》中，"买橘子"是最感人的段落，表现出了深沉的父爱，读来令人动容：

我看见他戴着黑布小帽，穿着黑布大马褂，深青布棉袍，蹒跚地走到铁道边，慢慢探身下去，尚不大难。可是他穿过铁道，要爬上那边月台，就不容易了。他用两手攀着上面，两脚再向上缩；他肥胖的身子向左微倾，显出努力的样子。这时我看见他的背影，我的泪很快地流下来了。我赶紧拭干了泪。怕他看见，也怕别人看见。我再向外看时，他已抱了朱红的橘子往回走了。过铁道时，他先将橘子散放在地上，自己慢慢爬下，再抱起橘子走。到这边时，我赶紧去搀他。他和我走到车上，将橘子一股脑儿放在我的皮大衣上。于是扑扑衣上的泥土，心里很轻松似的。过一会说："我走了，到那边来信！"我望着他走出去。他走了几步，回过头看见我，说："进去吧，里边没人。"等他的背影混入来来往往的人里，再找不着了，我便进来坐下，我的眼泪又来了。

橘子暖心，小橘灯则带来光明。冰心《小橘灯》中，描写了一位坚强灵巧的小姑娘：

门边一个小炭炉，上面放着一个小沙锅，微微地冒着热气。这小姑娘把炉前的小凳子让我坐了，她自己就蹲在我旁边，不住地打量我。我轻轻地问："大夫来过了吗？"她说："来过了，给妈妈打了一针……她现在很好。"她又像安慰我似的说："你放心，大夫明早还要来的。"我问："她吃过东西吗？这锅里是什么？"她笑说："红薯稀饭——我们的年夜饭。"我想起了我带来的橘子，就拿出来放在床边的小矮桌上。她没有作声，只伸手拿过一个最大的橘子来，用小刀削去上面的一段皮，又用两只手把底下的一大半轻轻地揉捏着。

我低声问："你家还有什么人？"她说："现在没有什么人，我爸爸到外面去了……"她没有说下去，只慢慢地从橘皮里掏出一瓣一瓣的橘瓣来，放在她妈妈的枕头边。

炉火的微光，渐渐地暗了下去，外面变黑了。我站起来要走，她拉住我，一面极其敏捷地拿过穿着麻线的大针，把那小橘碗四周相对地穿起来，像一个小筐似的，用一根小竹棍挑着，又从窗台上拿了一段短短的洋蜡头，放在里面点起来，递给我说："天黑了，路滑，这盏小橘灯照你上山吧！"

小时候，我很喜欢在厨房跟妈妈聊天，偶尔打下手。冬天，妈妈炖汤前，会让我帮忙吃一个橘子。橘子皮放进骨头汤里，可使肉汤变得清新甘洌，有消食化气的功效，还可预防感冒。橘子皮用量不多。我喜欢把剩下的橘子皮贴在火炉上，伴随着"滋滋"声响，屋子里香气弥漫，久不散去。冬天时常要出门走亲戚。乡村公路颠簸，随身带几个橘子可以防止晕车。若遇汽车突然急刹车排气，或者邻座突然抽烟，赶紧剥开一颗橘子，闭上眼睛，慢慢又能心平气和了。

在宋代，"闻果"是一件风雅的事。熏香与切花也可以带来香气，但毕竟劳神费力。水果的香味纯净悠长，且不用花心思照管。放几只橙子熏帐，过上许久，香味淡了，在果皮上划几刀，又会香好一阵子。"红绡帐里橙犹在，青琐窗深菊未收。""罗袜钿钗红粉醉，曲屏深幔绿橙香。"香橼的香味比橙子更浓烈，富贵人家常用佛手、香橼配架装盘，作为书斋清供。《长物志》："香气馥烈，吴人最尚以磁盆盛供。"《花镜》："惟香橼清芬袭人，能为案头数月清供。"《红楼梦》中，探春的秋爽斋放有佛手："左边紫檀架上放着一个大观窑的大盘，盘内盛着数十个娇黄玲珑大佛手。"直至现代，柑橘类水果的香味依然是空气清新剂和香皂的主要香型。

又到橘子上市的时节，我和朋友路过水果摊，朋友精挑细选了一袋橘子回家。她的女儿刚满周岁，牙牙学语，憨态可掬，拿了橘子当皮球玩耍。朋友尝试着给女儿吃了一小瓣橘子。那是小家伙人生中第一次吃橘子，眉毛鼻子皱成一团，捏紧了小拳头。大人们觉得很甜的橘子，对于她还是太酸了。朋友怔住了，以为她要哭鼻子。小家伙又伸出小手抓了一瓣，不敢吃，只是不停地闻着。啊，清新酸爽的味道，果然叫人上瘾。

大雪赏蜡梅：却将香蜡吐成花

　　大雪时节，冰天雪地。水晶世界里，冰花和雪花粲然生辉。遗憾的是，它们并非草木。万籁俱寂间，具有生命的花朵，只有蜡梅。有童谣唱道："雪花、冰花、蜡梅花，喜鹊飞来叫喳喳，过了新年长一岁。"另有拟人的《蜡梅花》："蜡梅花，脸儿黄，身上不穿绿衣裳。大雪当棉袄，风来挺胸膛。别的花儿怕冬天，只有蜡梅开得旺。"还有一首古典雅致的蜡梅歌，描写雪后天晴的景致："雪霁天晴朗，蜡梅处处香。骑驴灞桥过，铃儿响叮当。响叮当，响叮当，响叮当。花采得瓶供养，伴我书声琴韵，共度好时光。"这些歌谣里，蜡梅的形象朴实亲切，充满生活气息。

　　相比梅花，蜡梅更贴近我们的生活。在重庆，每年最盛大的两场花事，就是夏天的栀子花和冬天的蜡梅。大量的栀子花与蜡梅花来自山里，花朵繁密、价格便宜，拥有无法掩饰的浓郁花香，最适合当街售卖。蜡梅盛开于冬日，昭示着严寒已至。伴随着叫卖声，寒冷的空气里飘荡着甜蜜的花香。

公园里也栽种蜡梅。晨练的人们循香味而来，找到枯槁的枝条上几簇明黄色的花苞。花未盛，香已浓。被香气笼罩的人们，驻足于蜡梅枝条下，频频惊叹："好香的梅花啊！"偶有人路过，提醒道："这是蜡梅，不是梅花。"

　　蜡梅不是梅花。由于开花时间相近，名字里都有"梅"，很多人以为蜡梅属于梅花。蜡梅属于蜡梅科，而梅花属于蔷薇科，两者亲缘关系甚远。也许因为形貌相似，又开放于万物凋零的寒冬早春，才被当做同种植物。李时珍《本草纲目》将蜡梅释名为黄梅花，"此物非梅类，因其与梅同时，香又相近，色似蜜蜡，故得此名"，花"辛，温，无毒，解暑生津"。这段关于蜡梅的解释，当源于宋代范成大《梅谱》："蜡梅，本非梅类，以其与梅同时，香又相近，色酷似蜜脾，故名蜡梅。"清代陈淏子《花镜》也使用了相似的字句，对于"蜡梅"名称的来源却给出不同的看法："蜡梅俗称腊梅，一名黄梅，本非梅类，因其与梅同放，其香又近似，色似蜜蜡，且腊月开放，故有其名。"它的名字，究竟是色似蜜蜡的"蜡梅"，还是腊月开放的"腊梅"呢？

　　有人考据《祀记》："蜡者，索也。岁十二月，合聚万物而索飨之也。"先秦时期，年末祭祀百神称为"蜡"，故十二月名为"蜡月"。自秦代起，"蜡月"改为"腊月"。既然"蜡月""腊月"是一样的意思。盛开于此月的花朵，名为"蜡梅"或"腊梅"，都没有什么问题。又有人认为，蜡梅花从寒冬开到初春，花期较长，不只开在腊月。还有与蜡梅亲缘关系较近的"夏蜡梅"，于春夏之交开花。依开花时间称其为"腊梅"，不免有些狭隘。相较之下，因颜色与质感都与蜜蜡相似而名为"蜡梅",更有说服力。从古至今的诗词文献中,"蜡梅""腊梅"都出现过。但多以"蜡梅"为规范学名,"腊梅"只是俗称。

宋代以前的诗词文献中,蜡梅与梅花很难分辨。蜡梅开于冬季,遍布南北。梅花开于初春,花期在蜡梅之后,又多种植于南方。诗词中没有写明花色,生长于北方又盛开于隆冬的"寒梅""早梅",有可能是蜡梅。李商隐《酬崔八早梅有赠兼示之作》:"知访寒梅过野塘,久留金勒为回肠。谢郎衣袖初翻雪,荀令熏炉更换香。何处拂胸资蝶粉,几时涂额藉蜂黄?维摩一室虽多病,亦要天花作道场。"诗中的梅花香气袭人,色泽金黄,是蜡梅的可能性比较大。王维《杂诗三首》:"君自故乡来,应知故乡事。来日绮窗前,寒梅着花未。"窗前的寒梅承载了诗人的思乡之情,成为故乡的象征。此处"寒梅"没有形色描写,难以辨别是蜡梅还是梅花。

除却"寒梅""早梅"等称谓,唐诗中直接出现过"腊梅"。杜牧《正初奉酬歙州刺史邢群》:"翠岩千尺倚溪斜,曾得严光作钓家。越嶂远分丁字水,腊梅迟见二年花。明时刀尺君须用,幽处田园我有涯。一壑风烟羡里,解龟休去路非赊。"崔道融《江上逢故人》:"故里琴樽侣,相逢近腊梅。江村买一醉,破泪却成咍。"薛逢《奉和仆射相公送东川李支使归使府夏侯相公》:"两地交通布政和,上台深喜使星过。欢留白日千钟酒,调入青云一曲歌。寒柳翠添微雨重,腊梅香绽细枝多。平津万一言卑散,莫忘高松寄女萝。"

然而,王世懋在《学圃馀疏》提出,蜡梅本名"黄梅",是苏轼、黄庭坚改其名为"蜡梅":"考蜡梅原名黄梅,故王安国熙宁间尚咏黄梅，至元祐间苏、黄命为蜡梅。"苏、黄命名的说法在后世文人中广为流传，却与唐诗中出现"腊梅"的事实相矛盾。究其原因，有人认为，唐诗数量太多，王世懋等人没能全部记忆。也有人认为，唐诗中"腊梅"并非后来我们认识的蜡梅，而是腊月开的梅花。黄庭坚《山谷诗序》做出解释："京洛间有一种花，香气似梅，花亦五出，而不能品明，类女工撚腊所成，京洛人因谓蜡梅。"由此看来，"蜡梅"之名并非苏、黄所取，而是来自民间。

蜡梅虽不是由苏轼与黄庭坚命名，却的确由他们发扬光大了。《王立之诗话》："蜡梅，山谷初见之，戏作二绝，缘此盛于京师。"黄庭坚作《戏咏蜡梅二首》，其一："体薰山麝脐，色染蔷薇露。披拂不满襟，时有暗香度。"其二："金蓓锁春寒，恼人香未展。虽无桃李颜，风味极不浅。"这两首诗，引来不少诗人唱和。如，王之道《追和鲁直蜡梅二首》："岁穷压霜雪，春至喜风露。一枝蜡花梅，清香美无度。"黄庭坚痴爱蜡梅，曾作诗向人讨要蜡梅《从张仲谋乞蜡梅》："闻君寺后野梅发，香蜜染成宫样黄。不拟折来遮老眼，欲知春色到池塘。"其中"香蜜染成宫样黄"极妙，写出了蜡梅蜜糖般的色香，比之黄金、麝脐更为贴切。

苏轼《〈蜡梅〉一首赠赵景贶》亦为戏作：

天工点酥作梅花，此有蜡梅禅老家。蜜蜂采花作黄蜡，取蜡为花亦其物。天工变化谁得知，我亦儿嬉作小诗。君不见，万松岭上黄千叶，玉蕊檀心两奇绝。醉中不觉度千山，夜闻梅香失醉眠。归来却梦寻花去，梦里花仙觅奇句。此间风物属诗

清，沈振麟，十二月花神，册，蜡梅南天竺

人，我老不饮当付君。君行适吴我适越，笑指西湖作衣钵。

诗人将蜡梅比作凝酥，是如同蜜糖一般香甜可口的食物。此诗唱和之作颇多。杨万里《次东坡先生蜡梅韵》：

梅花已自不是花，永魂谪堕玉皇家。不餐烟火更餐蜡，化作黄姑瞒造物。后山未觉坡先知，东坡勾引后山诗。金花劝饮金荷叶，两公醉吟许孤绝。人间姚魏漫如山，令人眼暗只欲眠。此花寒香来又去，恼损诗人难觅句。月兼花影恰三人，欠个文同作墨君。吾诗无复古清越，万水千山一瓶钵。

王十朋《蜡梅》化用了苏轼咏梅诗："天工着意点酡酥，不与江梅斗雪肤。露滴蜂房酿崖蜜，日烘龙脑喷金炉。万松张盖黄尤好，三峡藏春绿不枯。题品倘非坡与谷，世人应作小虫呼。"王十朋生长于温州乐清梅溪村，自号梅溪先生，写下了数十首梅花诗。他对梅花颇有研究，在蜡梅诗中仔细辨别了蜡梅和梅花。此诗写于夔州，有两处自注。其一："东南蜡梅，叶落始开，峡中地暖，花开而叶不落。"其二："宋山甫知县云：大宁监多蜡梅，土人不知贵，呼为狗蝇花。"宋代的大宁监大致在今天的重庆巫溪。

蜡梅被当地人称作"狗蝇"，王十朋有愤愤不平之感：如果没有苏轼与黄庭坚题诗品评，世人还会叫它小虫。按范成大《梅谱》，蜡梅凡三种："以子种出，不经接。花小香淡，其品最下，俗谓之狗蝇梅。经接花疏，虽盛开，花常半含，名磬口梅，言似僧磬之口也。最先开，色深黄如紫檀，花密香秾，名檀香梅，此品最佳。"磬口梅形美，檀香梅香秾，均为佳品。狗蝇花瓣狭长，据说因为形似狗牙而得名。虽然色香浅淡，却是蜡梅嫁接的砧木。

按照蜡梅花瓣和花蕊颜色区分，蜡梅可分为素心梅和荤心梅。素心梅花瓣与花蕊颜色一致，荤心梅的花蕊与花瓣颜色不同。一般认为，素心梅更加名贵。全真教女冠孙不二曾题咏素心梅："不乘白鹤爱乘鸾，二十幢幡左右盘。偶入书坛寻一笑，降真香烧碧阑干。小春天气暖风赊，日照江南处士家。催得腊梅先进蕊，素心人对素心花。"蜡梅又名"素儿"，出自邱旭《宾朋宴语》："王直父家多侍儿，而小鬟素儿尤妍丽，王尝以蜡梅送晁无咎。无咎以诗谢之，诗云：去年不见蜡梅开，准拟新枝恰恰来；芳菲意浅姿容淡，忆得素儿如此梅。"

蜡梅别名众多。因为耐寒的属性，屡被称作"寒客"。姚宽《西溪丛语》和程棨《三柳轩杂识》中，均称蜡梅为"寒客"。曾伯端取友于十花，称蜡梅为"奇友"。张翊《花经》品评众卉，其中蜡梅品阶最高，为"一品九命"。

蜡梅最难让人忘记的，是它的香味。余光中《乡愁四韵》中，记录了色彩最鲜明的红海棠、白雪花，以及芬芳的蜡梅：

给我一瓢长江水啊长江水，酒一样的长江水，醉酒的滋味，是乡愁的滋味，给我一瓢长江水啊长江水。给我一张海棠红啊海棠红，血一样的海棠红，沸血的烧痛，是乡愁的烧痛，给我一张海棠红啊海棠红。给我一片雪花白啊雪花白，信一样的雪花白，家信的等待，是乡愁的等待，给我一片雪花白啊雪花白。给我一朵腊梅香啊腊梅香，母亲一样的腊梅香，母亲的芬芳，是乡土的芬芳，给我一朵腊梅香啊腊梅香。

余秋雨也在散文《腊梅》中描绘了医院中蜡梅的清香：

一天又一天，就这么过去了。突然有一天清晨，大家都觉得空气中有点异样，惊恐四顾，发现院子一角已簇拥着一群人。连忙走过去，踮脚一看，人群中间是一枝腊梅，淡淡的晨曦映着刚长出的嫩黄花瓣。赶近过去的人还在口中念叨着它的名字，一到它身边都不再作声，一种高雅淡洁的清香已把大家全都慑住。故意吸口气去嗅，闻不到什么，不嗅时却满鼻都是，一下子染透身心。

余光中和余秋雨的笔下，蜡梅的香味具有奇异的治愈力。它可以慰藉异乡人的乡愁，也可以舒缓病中人焦躁的情绪。蜡梅甜蜜而安宁的品质，也让古人珍爱。杨万里有两首充满童趣的《蜡梅》。其一："栗玉圆雕蕾，金钟细著行。来从真蜡国，自号小黄香。夕吹撩寒馥，晨曦透暖光。南枝本同姓，唤我作他杨。"其二："蜜蜂底物是生涯，花作糇粮蜡作家。岁晚略无花可采，却将香蜡吐成花。"陈与义的蜡梅诗也十分乖巧："花房小如许，铜切黄金涂。中有万斛香，与君细细输。"

蜡梅实在可爱。我曾写过一首童谣《蜜糖花》：

小熊偷了两罐蜂蜜冬眠。喝了一罐，圆滚滚装不下。抱了一罐，呼噜噜睡着啦。暖暖的蜜糖流到了外婆手里，外婆用它搓麻绳，纳鞋底，缝出的花袄和棉鞋都很暖。香香的蜜糖流到了妈妈手里，妈妈用它浸蜡纸，刻钢板，印出的习题和试卷都很香。亮亮的蜜糖流到了姐姐手里，姐姐用它磨石头，雕珠子，做出的琥珀和蜜蜡都很亮。甜甜的蜜糖流到了土地里，土地公公用它浇出了一树花。她的花瓣，比蝉翼更轻薄，比绸缎更光滑。她的味道，比茶韵更悠长，比檀香更典雅。她是蓄满了阳光的蜡梅花。小熊在梦里舔着舌头：嗯嗯，多好吃的蜜糖花。

　　重庆的蜡梅开得早。初冬时节，蜡梅不只盛开在小区里、公园中，还盛开在大街小巷。摊贩将蜡梅装在背篓里、手推车上，叫着："十块钱一小捆，十五块一大捆。"蜡黄色的花瓣蜷缩着，看上去有几分拙笨，好像昆虫的翅膀。它们来自山中，是最便宜的"狗蝇"。可是，又有什么要紧呢？人们欢欢喜喜地买回去，分成几束，随意放在办公室、车上和家中，香气袭人，经久不衰。热情甜蜜的香味，足以温暖一整个冬天。

冬至赏山茶：玲珑残雪浸山茶

　　冬至之日，昼短阴极，为“数九寒天”的起始。民间流传《九九歌》：“一九二九不出手，三九四九冰上走，五九六九沿河看柳。七九河开，八九燕来，九九加一九，耕牛遍地走。”忙碌的人们放假歇市，置备年货，进入漫长的休整期。富贵文雅的人家轮流举办“消寒会”，消磨冬日光阴。“消寒会”上，文人们围炉畅饮，高谈阔论，赋诗赏花。赏花的主角，便是山茶。

　　山茶花期漫长，跨越了整个寒冬。李渔《闲情偶寄》盛赞山茶花持久而荣茂：

　　花之最不耐开，一开辄尽者，桂与玉兰是也；花之最能持久，愈开愈盛者，山茶、石榴是也。然石榴之久，犹不及山茶；榴叶经霜即脱，山茶戴雪而荣。则是此花也者，具松柏之骨，挟桃李之姿，历春夏秋冬如一日，殆草木而神仙者乎？又况种类极多，由浅红以至深红，无一不备。其浅也，如粉如脂，如美人之腮，如酒客之面；其深也，如朱如火，如猩猩之血，如鹤顶之朱。可谓极浅深浓淡之致，而无一毫遗憾者矣。

山茶花之耐久，实属罕见。山茶亦耐寒，戴雪而荣，绽放于寒冷的冬天，很容易让人想起寒梅。

苏轼将雪中红山茶视为火焰，色彩对比最为强烈。苏轼《王伯扬所藏赵昌花·山茶》："萧萧南山松，黄叶陨劲风。谁怜儿女花，散火冰雪中。能传岁寒姿，古来惟丘翁。赵叟得其妙，一洗胶粉空。掌中调丹砂，染此鹤顶红。何须夸落墨，独赏江南工。"苏轼《邵伯梵行寺山茶》："山茶相对阿谁栽，细雨无人我独来。说似与君君不会，烂红如火雪中开。"

山茶硕大瓣密，红似丹砂，点缀于茫茫白雪，分外娇美。刘克庄《山茶》："青女行霜下晓空，山茶独殿众花丛。不知户外千林缟，且看盆中一本红。"于若瀛《山茶》："丹砂点雕蕊，经月独含苞。既足风前态，还宜雪里娇。"

盆中山茶红装素裹，可谓"雪里娇"。老山茶凌寒而开，万朵照耀，则苍劲而壮美。曾巩《山茶花》：

山茶花开春未归，春归正值花盛时。苍然老树昔谁种，照耀万朵红相围。蜂藏鸟伏不得见，东风用力先吹嘘。追思前者叶盖地，万木惨惨攒空枝。寒梅数绽小颜色，霰雪满眼常相迷。岂如此花开此日，绛艳独出凌朝曦。为怜劲意似松柏，欲搴更惜长依依。山榴浅薄岂足比，五月雾露空芳菲。

曾巩寄过一枝白山茶给远方的友人，写有《以白山茶寄吴仲庶》：

山茶纯白是天真，筠笼封题摘尚新。秀色未饶三谷雪，清香先得五峰春。琼花散漫情终荡，玉蕊萧条迹更尘。远寄一枝随驿使，欲分芬种恨无因。

苏辙与苏轼以山茶诗相寄，表达真挚的手足情。开元寺殿下有一株山茶，数年不开花。兄弟俩游览之时引以为憾。这年二月，苏辙忽然发现，山茶花开千朵，于是作诗寄与苏轼："古殿山花丛百围，故园曾见色依依，凌寒强比松筠秀，吐艳空惊岁月非，冰雪纷纭真性在，根株老大众缘希，山中草木谁携种，潦倒尘埃不复归。"苏轼很是感动，作《开元寺山茶（其二）》："长明灯下石阑干，常共松杉守岁寒。叶厚有棱犀甲健，花深少态鹤顶丹。久陪方丈曼陀雨，羞对先生苜蓿盘。雪里盛开知有意，明年归后更谁看。"此诗咏花亦咏叶，咏色亦咏形。"叶厚有棱犀甲健"道出了山茶叶独特的韵致，成为吟咏山茶的典范之作。

后世文人受苏轼影响，笔下的山茶大多花叶俱荣，形色兼美。"叶厚有棱""犀甲"被诗人们直接引用。杨万里《山茶》："树子团团映碧岑，初看唤作木犀林。谁将金粟银丝脍，簇饤朱红菜椀心。春早横招桃李炉，岁寒不受雪霜侵。题诗毕竟输坡老，叶厚有棱花色深。"山茶花瓣繁密规整，仿佛精雕细刻的红玉，又像细细裁剪的绛绡。郝经《月丹》："小艇移来江涨桥，盘盘矮矮格仍娇。丹霞皴月雕红玉，香雾凝春剪绛绡。"

自古名花如美人。袁宏道《瓶史》："山茶鲜妍，瑞香芬烈，玫瑰旖旎，芙蓉明艳，石氏之翾风，羊家之净琬也。"净琬是羊侃家中的张净琬，体态轻盈，传说能作掌中舞。翾风即绿珠，貌美擅吹笛，是石崇的宠妾。将山茶花比作绿珠，不仅仅因为她的美貌才情，更是因为她坠楼殉情的节烈。贯休《山茶花》："风裁日染开仙囿，百花色死猩血谬。今朝一朵堕阶前，应有看人怨孙秀。"早期的山茶多为红色，颜色堪比鲜血。

南宋时期，种植山茶之风盛行，栽培技术逐渐成熟，山茶种类增多，五色缤纷。徐致中《山茶》中，描写了黄香、粉红、玉环、红百叶、月丹等多个品种。

山茶本晚出，旧不闻圃经。花深嫌少态，曾入苏公评。迩来亦变怪，纷然著名称。黄香开最早，与菊为辈朋。粉红更妖娆，玉环带春酲。伟哉红百叶，花重枝不胜。尤爱南山茶，花开一尺盈。月丹又其亚，不减红带鞓。吐丝心抽须，锯齿叶剪棱。白茶亦数品，玉磬尤晶明。桃叶何处来，派别疑武陵。愈出愈奇怪，一见一叹惊。

山茶最早由四川发现。三国时期张翊的《花经》将山茶列为"七品三命"。云南和巴蜀是山茶花的著名产地。文震亨《长物志》记载："蜀茶、滇茶俱贵，黄者尤不易得。"

种类繁多、色彩绚烂、气势磅礴的山茶，当属滇茶。民间素有"云南茶花甲天下"的说法。据《云南志》记载，滇茶花有百种之多："土产山茶花，谢肇淛谓其品七十有二，

清，董诰，二十四番花信风图，册，小寒二候山茶

赵璧作谱近百种，大抵以深红、软枝、分心、卷瓣者为上。"徐霞客《滇中花木记》记载了高达三丈的巨型山茶："滇中花木皆奇，而山茶、山鹃为最。山茶花大逾碗，攒合成球，有分心、卷边、软枝者为第一。省城推重者，城外太华寺。城中张石夫所居朵红楼楼前，一株挺立三丈余，一株盘垂几及半亩。垂者丛枝密干，下复及地，所谓柔枝也；又为分心大红，遂为滇城冠。"

《滇云纪胜书》中记载了沐氏西园的山茶。万花如锦，落英如毯，令人目不暇接，惊奇而震撼：

山茶花在会城者，以沐氏西园为最。西园有楼名簇锦，茶花四面簇之，凡数十树，树可三丈，花簇其上，数以万计。紫者、朱者、红者、红白兼者，映目如锦。落英铺地，如坐锦茵。

山茶又名"曼陀罗树"。李东阳《山茶花》中，夸张地描写了高达十丈的曼陀罗树："古来花事推南滇，曼陀罗树尤奇妍。拔地孤根耸十丈，威仪特整东风前。玛瑙攒成红万朵，宝火烂漫烧晴天。""曼陀罗"源自梵语，是佛家祥瑞之花。佛经记载，佛说法时，身心不动，乱坠天花，天上飘起的天雨曼陀罗华，便是曼陀罗花。但"曼陀罗"一般指洋金花，而非山茶花。叫的人多了，人们才逐渐认可山茶为曼陀罗花。

《天龙八部》里，段誉来到王夫人所住的曼陀山庄，畅论茶花品种。最有趣的名字，当属"抓破美人脸"。段誉道：

白瓣而有一抹绿晕、一丝红条的，叫作"抓破美人脸"，但如红丝多了，却又不是"抓破美人脸"了，那叫作"倚栏娇"。夫人请想，凡是美人，自当娴静温雅，脸上偶尔抓破一条血丝，总不会自己梳装时粗鲁弄损，也不会给人抓破，只有调弄鹦鹉之时，给鸟儿抓破一条血丝，却也是情理之常。因此花瓣这抹绿晕，是非有不可的，那就是绿毛鹦哥。

"十八学士"是天下极品：大理有一种名种茶花，叫作"十八学士"，那是天下的极品，一株上共开十八朵花，朵朵颜色不同，红的就是全红，紫的便是全紫，决无半分混杂。而且十八朵花形状朵朵不同，各有各的妙处，开时齐开，谢时齐谢。

虽然小说有夸张的成分，但"抓破美人脸""十八学士"等名贵山茶是真实存在的。

谢肇淛《滇略》记载：

豫章邓渼称其有十德焉：艳而不妖，一也；寿经二三百年，二也；枝干高疏，大可合抱，三也；肤纹苍黯若古云气尊罍，四也；枝条夭矫似麈尾龙形，五也；蟠根轮囷，可几可枕，六也；丰叶如幄，森沈蒙茂，七也；性耐霜雪，四序常青，八也；自开至落可历数月，九也；折入瓶中，旬日颜色不变，半含亦能自开，十也。

山茶色泽鲜艳，花型却饱满端正，无妖娆之气。枝干高疏，肤纹苍古，仿佛参天古木。丰叶森茂，长青如同松柏。

花期持久，耐冬不逊寒梅。山茶的花色、寿数、枝干、树根、耐寒等十个方面都为人称道，故又名"十德花"。因为方方面面臻于完美，山茶受到了不同文化的认可，得到东西方的一致欣赏。

早在唐代，遣唐使从中国向日本引种山茶。在日本，山茶又名"椿"，是唤醒春天的植物，也是延年益寿的神木。《万叶集》中，出现咏山茶的和歌。明代，日本从中国引入大量山茶品种。执政者德川秀忠喜爱山茶，四处收集山茶品种以及描写山茶的和歌，山茶风靡日本。描写山茶落花的和歌与俳句不少。山茶即使凋谢，也是整朵花静静落下，极为安宁肃穆，为日本人推崇。禅僧义信堂周信《山茶花》："老屋凄凉苔半遮，门前谁肯暂留车。童儿解我招佳客，不扫山茶满地花。"老屋闲寂，青苔浓郁，茶花鲜妍，意境幽深而清远。

18 世纪，传教士与探险家将山茶带到欧洲。山茶花瓣排列整齐，饱满而有质感，花型与玫瑰相似，符合西方审美。19 世纪，欧洲兴起山茶种植产业，掀起欣赏山茶的热潮。1848 年，小仲马写下名著《茶花女》。女主角玛格丽特患有肺结核病，身材瘦削，皮肤白皙，脸颊时有红晕，拥有惹人爱怜的病态美。玛格丽特随身携带茶花：

一个月里有二十五天玛格丽特带的茶花是白的，而另外五天她带的茶花却是红的，谁也摸不透茶花颜色变化的原因是什么，而我也无法解释其中的道理。在她常去的那几个剧院里，那些老观众和她的朋友们都像我一样注意到了这一现象。除了茶花以外，从来没有人看见她还带过别的花。因此，在她常去买花的巴尔戎夫人的花店里，有人替她取了一个外号，称她为茶花女，这个外号后来就这样给叫开了。

茶花的优雅和规整为欧洲上层名流所钟爱。20世纪初，香奈儿女士尝试将茶花元素融入珠宝设计。如今，山茶花已成为香奈儿的标志。

说来惭愧，我曾经依次回忆小区里春天开过的花儿，将她们列在本子上，却没有想起开在楼下的山茶花。写《蜡梅》那一篇时，友人提出最耐寒的不是蜡梅，而是山茶花，我才发现，竟然将山茶花遗忘了。

我们楼下就有几株红色的山茶花，去去来来都要经过她们。为什么我会遗忘茶花呢？一言以蔽之，物以稀为贵。仔细想来，有两个原因。一个原因是太"常"。山茶花是重庆的市花，她太常见了，公园里、小区里、马路边随处可见。据说，十多年前重庆电视台经常放一首公益歌曲《黄桷树，山茶花》："黄桷树，山茶花，美丽的重庆，我可爱的家……爱清洁、讲卫生，靠你、靠我、靠大家……"另一个原因是太"长"。山茶花的花期一般从十月份始花，翌年五月终花，花期长达七八个月。短暂的事物往往给人的印象更深刻，宛如惊鸿一瞥。所以，我记住了盛开在冬日的寒梅，却忽略了同样历经了寒冬的山茶花。

2016年初，重庆难得下了一场春雪。积雪点缀在青翠的竹叶、芭蕉和草地上，点缀在盛开的山茶花上。过往的人们沉醉其间，驻足观赏。头脑中关于红山茶的诗句纷至沓来。该用什么形容才好呢？鲜血、丹砂、红玉、火焰……都不足以表达此刻的惊讶。最为贴切的，是"旖旎细风飘水麝，玲珑残雪浸山茶"。天色将暗，与友人一同走进山顶小店，选了靠窗的座位喝茶聊天。窗外正有一树盛放的红山茶。顶端的几朵覆盖着积雪。倚靠着玻璃窗的一朵硕大茶花，感受到室内的温暖气息，白雪化水，茂密的花瓣中嵌满了亮晶晶的露珠，仿佛传说中世所罕见的珍宝。

　　冰雪融化之后，茶花又恢复成了质朴的模样。一树树大红色的山茶花，宛若戴着红头巾的采茶女，梳着大辫子的俏村姑。她们自顾自低头忙碌着，偶有风吹过，才停下手里的活计，含着笑看我一眼。一笑之间，容眸流盼，神姿清发。这种毫无侵略性的美，令人如沐春风，无比温柔可亲。

小寒赏水仙：水沉为骨玉为肌

　　古人看来，冷气逐渐积累而致寒冷。小寒时冷气积累已久，尚未达到极致。之后便是三九四九，一年里最冷的日子。《九九歌》里有"三九四九冰上走"的说法，程羽文的《花月令》也作"水仙负冰"。盛开在小寒时节的水仙花，仿佛拥有了迎风斗雪的风姿。其实，隆冬季节的水仙养在室内，并非真的在冰天雪地中绽放。立春三候"鱼陟负冰"，是回暖之际，鱼儿游近结冰的水面。有人推测，"水仙负冰"与之类似，有孕育春天之意。

　　不论"水仙负冰"的解读是否真切，水仙都是极富象征意义的花卉。年幼时很喜欢李商隐的两句诗："水仙欲上鲤鱼去，一夜芙蓉红泪多。"当时只觉浪漫而隐妙。夕光之中，鲤鱼背负簇簇水仙花游弋。晚霞映照在芙蓉露珠上，宛如红色泪珠。画面之绮丽，类似薛涛《海棠溪》："春教风景驻仙霞，水面鱼身总带花。"后来才明白，李商隐酷爱用典。诗中"红泪"出自《拾遗记》，魏文帝的美人薛灵芸离别父母，以壶承泪，壶中泪凝如血。"水仙"则指乘赤鲤成仙的赵国人琴高。郦道元《水经注》："赵人有琴高者，以善鼓琴，为康王舍人。行彭涓之术，浮游砀郡间二百余年。后入砀水中取龙子，与弟子期曰：皆洁斋待于水傍，设屋祠。果乘赤鲤鱼出，入坐祠中。砀中有千万人观之。留月余，复入水也。"

宋以前，诗文中的"水仙"，并不是水仙花，而是水中神仙。司马承顺《天隐子·神解八》："在人谓之人仙，在天曰天仙，在地曰地仙，在水曰水仙，能变通之曰神仙。"陶弘景《水仙赋》："娥英之所游往，琴冯是焉去来。""琴冯"指琴高和冯夷。琴高于砀水乘鲤仙而去。冯夷是黄河水神，《艺文类聚》："禀华之精，食惟八石。乘龙隐沦，往来海若。是实水仙，号曰河伯。"文震亨《长物志》中，水中仙人冯夷与水仙花发生了关联："冯夷服花八石，得为水仙，其名最雅，六朝人乃呼为雅蒜，大可轩渠。"

相较于琴高、冯夷等男仙，娥英、姑射仙子、江妃、洛神等女仙更适合比作水仙花。"娥英"即娥皇、女英，为尧女舜妃。舜崩，娥、英投身湘水，为湘水之神。宋代周密《绣鸾凤花犯·赋水仙》："楚江湄，湘娥乍见，无言洒清泪。淡然春意。空独倚东风，芳思谁寄。凌波路冷秋无际，香云随步起。谩记得，汉宫仙掌，亭亭明月底。冰弦写怨更多情，骚人恨，枉赋芳兰幽芷。春思远，谁叹赏，国香风味。相将共，岁寒伴侣，小窗净，沉烟熏翠袂。幽梦觉，涓涓清露，一枝灯影里。"张耒写水仙花："宫样鹅黄绿带垂，中州未省见仙姿。只疑湘水绡机女，来伴清秋宋玉悲。"

姑射仙子典出《庄子·逍遥游》："藐姑射之山，有神人居焉。肌肤若冰雪，绰约若处子。不食五谷，吸风饮露，乘云气，御飞龙，而游乎四海之外。"姑射仙子是掌雪之神。冯梦龙《喻世明言》："雪似三件物事，又有三个神人掌管。哪三个神人？姑射真人、周琼姬、董双成。周琼姬掌管芙蓉城；董双成掌管贮雪琉璃净瓶，瓶内盛着数片雪；每遇彤云密布，姑射真人用黄金箸敲出一片雪来，下一尺瑞雪。"金庸《神雕侠侣》引丘处机《无俗念》："浑似姑射真人，天姿灵秀，意气殊高洁。"用以形容清冷绝俗的小龙女。刘攽《水仙花》："早于桃李晚于梅，冰雪肌肤姑射来。"吴懋谦《水仙花》："姑射群真出水新，亭亭玉碗自凌尘。冰肌更有如仙骨，不学春风掩袖人。"

　　江妃典出刘向《列仙传》：

　　江妃二女者，不知何所人也。出游于江汉之湄，逢郑交甫。见而悦之，不知其神人也。谓其仆曰："我欲下请其佩。"仆曰："此间之人，皆习于辞，不得，恐罹悔焉。"交甫不听，遂下与之言曰："二女劳矣。"二女曰："客子有劳，妾何劳之有？"交甫曰："橘是柚也，我盛之以筥，令附汉水，将流而下。我遵其旁，采其芝而茹之。以知吾为不逊，愿请子之佩。"二女曰："橘是柚也，我盛之以筥，令附汉水，将流而下。我遵其旁，采其芝而茹之。"遂手解佩与交甫。交甫悦，受而怀之。中当心，趋去。行数十步，视佩，空怀无佩。顾二女，忽然不见。

　　郑交甫在汉水之畔偶遇两名女子，女子解佩相赠。郑交甫离开十步，却见怀中无佩，女子也转瞬无影无踪，才知她们是仙女。词牌名《解佩令》取义于此。卢祖皋《卜算子·水仙》："佩解洛波遥，弦冷湘江渺。月底盈盈误不归，独立风尘表。窗绮护幽妍，瓶玉扶轻袅。别后知谁语素心，寂寞山寒峭。"陈旅《水仙诗》："莫信陈王赋洛神，凌波那得更生尘。水香露影空清处，留得当年解佩人。"

洛神典出曹植《洛神赋》："黄初三年，余朝京师，还济洛川。古人有言，斯水之神名曰宓妃。"在《洛神赋》之前，宓妃的形象早已出现。屈原《离骚》："吾令丰隆乘云兮，求宓妃之所在。"司马相如《上林赋》："若夫青琴、宓妃之徒，绝殊离俗，妖冶娴都，靓妆刻饰，便嬛绰约，柔桡嬛嬛，妩媚纤弱。"张衡《思玄赋》："载太华之玉女兮，召洛浦之宓妃。"扬雄《甘泉赋》："想西王母欣然而上寿兮，屏玉女而却宓妃。"最为生动，对后世影响最大的，当属曹植《洛神赋》。其中有描摹美人的千古名句："其形也，翩若惊鸿，婉若游龙。荣曜秋菊，华茂春松。仿佛兮若轻云之蔽月，飘飖兮若流风之回雪。远而望之，皎若太阳升朝霞；迫而察之，灼若芙蓉出渌波。"洛神飘然行水，轻灵游移，充分展现了动态美："凌波微步，罗袜生尘。"此句为黄庭坚所用，成为描写水仙的佳作。黄庭坚《王充道送水仙花五十支》："凌波仙子生尘袜，水上轻盈步微月。是谁招此断肠魂，种作寒花寄愁绝。含香体素欲倾城，山矾是弟梅是兄。坐对真成被花恼，出门一笑大江横。"

黄庭坚水仙诗一出，文人们纷纷效仿。辛弃疾《贺新郎·赋水仙》："罗袜尘生凌波去，汤沐烟江万顷。"韩玉《贺新

清，沈振麟，十二月花神，册，水仙茶花

郎·咏水仙》："记洛浦、当年俦侣。罗袜尘生香冉冉，料征鸿、微步凌波女。"刘克庄却认为，将水仙比作女仙，脂粉气太浓，格局太小。刘克庄《水仙花》："岁华摇落物萧然，一种清芬绝可怜。不许淤泥侵皓素，全凭风露发幽妍。骚魂洒落沉湘客，玉色依稀捉月仙。却笑涪翁太脂粉，误将高雅匹婵娟。"在刘克庄眼中，水仙花"不许淤泥侵皓素"，甚至比出淤泥而不染的莲花更加高雅，可比作屈原和李白。韩玉《贺新郎·咏水仙》也将水仙花比作屈原："烟水茫茫斜照里，是骚人、《九辨》招魂处。千古恨，与谁语？"

但水仙花之名，却并非源自中国的神仙。古人多认为，其花名源于生长水中。王世懋《花疏》："水仙宜置瓶中，其物得水则不枯，故曰水仙，称其名矣。"李时珍《本草纲目》："水仙宜卑湿处，不可缺水，故名水仙。"高濂《遵生八笺》："因花性好水，故名水仙。"中国最早关于水仙花的记载，是晚唐段成式《酉阳杂俎》："捺祇出拂林国。"捺祇应为波斯语水仙 Nargi 音译。段公路《北户录》记载了波斯人穆思密赠给孙光宪水仙花："孙光宪续注曰，从事江陵日，寄住蕃客穆思密尝遗水仙花数本如橘，置于水器中，经年不萎。"水仙花由国外传入。水仙花之名，应由意译而来，指的是国外的神仙。古希腊神话中，美少年纳喀索斯（Narkissos）拒绝了女神厄科求爱，受到惩罚，让他爱恋自己的水中倒影，忧郁而死，成为水仙花神。这个故事有好几个版本，但都含有自恋的意思。

行吟在水边的文人，与顾影自怜的美少年一样孤傲出尘，凛然不可侵犯。李渔乃至情至性之人，在《闲情偶寄》中直言视水仙花如命，读来令人动容：

　　水仙一花，予之命也。予有四命，各司一时：春以水仙、兰花为命，夏以莲为命，秋以秋海棠为命，冬以蜡梅为命。无此四花，是无命也；一季缺予一花，是夺予一季之命也。水仙以秣陵为最，予之家于秣陵，非家秣陵，家于水仙之乡也。记丙午之春，先以度岁无资，衣囊质尽，迨水仙开时，则为强弩之末，索一钱不得矣。欲购无资，家人曰："请已之。一年不看此花，亦非怪事。"予曰："汝欲夺吾命乎？宁短一岁之寿，勿减一岁之花。且予自他乡冒雪而归，就水仙也，不看水仙，是何异于不返金陵，仍在他乡卒岁乎？"家人不能止，听予质簪珥购之。予之钟爱此花，非痴癖也。其色其香，其茎其叶，无一不异群葩，而予更取其善媚。妇人中之面似桃，腰似柳，丰如牡丹、芍药，而瘦比秋菊、海棠者，在在有之；若如水仙之淡而多姿，不动不摇，而能作态者，吾实未之见也。以"水仙"二字呼之，可谓摹写殆尽。使吾得见命名者，必额然下拜。不特金陵水仙为天下第一，其植此花而售于人者，亦能司造物之权，欲其早则早，命之迟则迟，购者欲于某日开，则某日必开，未尝先后一日。及此花将谢，又以迟者继之，盖以下种之先后为先后也。至买就之时，给盆与石而使之种，又能随手布置，即成画图，皆风雅文人所不及也。岂此等末技，亦由天授，非人力邪？

　　东西方文化有相通之处。湖畔诗人华兹华斯曾作《黄水仙花》（郭沫若译）：

独行徐徐如浮云，横绝太空渡山谷。忽然在我一瞥中，金色水仙花成簇。开在湖边乔木下，微风之中频摇曳。有如群星在银河，形影绵绵光灼灼。湖畔蜿蜒花径长，连成一线无断续。一瞥之中万朵花，起舞翩跹头点啄。湖中碧水起涟漪，湖波踊跃无花乐。诗人对此殊激昂，独在花中事幽躅！凝眼看花又看花，当时未解伊何福。晚上枕上意悠然，无虑无忧殊恍惚。情景闪烁心眼中，黄水仙花赋禅悦；我心乃得溢欢愉，同花共舞天上曲。

此诗淳朴、恬淡、自然，宛若浑然天成。

中国古代文人雅士极欣赏水仙，赋予其理想化的神性特征。《镜花缘》中，称水仙、牡丹、兰、梅等十二种花为"十二花师"。《三柳轩杂识》称水仙为"雅客"。《瓶花谱》中，将水仙与牡丹、兰、梅等列入"一命九品"。《学圃馀疏》记载，水仙"前接腊梅，后迎江梅"，与松、竹、梅为伴，同为"岁寒友"。

作为"岁寒友"，水仙在室外多与松、竹、梅一起栽植。《长物志》："其性不耐寒，取极佳者移盆盎，置几案间。次者杂植松竹之下，或古梅奇石间，更雅。"水仙是"殿岁花"之一，也是"岁朝清供"的年宵花卉。因为自种困难，人们多购买球茎，置于清水培植赏玩。《广群芳谱》："水仙花以精盆植之，可供书室雅玩。"养水仙的盆子很有讲究。许开《水仙花》："定州红花瓷，块石艺灵苗。方苞苗水仙，厥名为玉宵。"为了衬托水仙高雅绝俗的气质，还需以清泉白石相配。

水仙花清香宜人，令人难忘。杨万里《水仙花》称水仙香韵两绝："韵绝香仍绝，花清月未清。天仙不行地，且借水为名。开处谁为伴？萧然不可亲。雪宫孤弄影，水殿四无人。"黄庭坚《刘邦直送早梅水仙花》中赞其寒香透骨："得水能仙天与奇，寒香寂寞动冰肌。仙风道骨今谁有，淡扫蛾眉簪一枝。"黄庭坚《次韵中玉水仙花》中赞其暗香压过酴醾："借水开花自一奇，水沉为骨玉为肌。暗香已压酴醾倒，只比寒梅无好枝。"水仙可与梅花相比，只不过比梅花少了枝干。不过，水仙姿态上的欠缺，可以通过雕刻弥补。水仙花叶雕刻技艺兴起于晚清，蟹爪水仙是经典造型。冬日慵懒。将水仙置于案头，如同红袖添香。读书遣怀，何其美哉。

大寒赏兰花：风来难隐谷中香

  《二十四番花信风》中，兰花为大寒风候。春兰花期很早。幼时听过一首小诗："我从山中来，带得兰花草。种在小园中，希望开花好。一日看三回，望得花时过。急坏看花人，苞也无一个。眼见秋天到，移花供在家。明年春风回，祝汝满盆花。"小诗充满童趣，激励我四处寻找兰花。溪涧之畔，扁竹兰幽姿临水；校园花坛里，葱兰盛开如雪；邻居窗台上，吊兰花叶交叠。它们虽以兰为名，都不属于兰科植物。兰花被誉为花中君子。然而，广受欢迎的君子兰属于石蒜科植物，也不是真正的兰花。

  我第一次见到真正的兰科植物，是去南国旅行的路上。艳阳高照，海风轻拂。旅馆案台上摆放着几盆蝴蝶兰。枝茎昂扬，花朵拥簇，姹紫嫣红，明丽奔放，恍若蝴蝶翩飞起舞。蝴蝶兰是真的兰花，却与兰花孤洁、典雅、含蓄的特质相悖。因为蝴蝶兰是"洋兰"。

  常见的兰花，大致可分为"国兰"和"洋兰"。顾名思义，"洋兰"是从国外引进的兰花。那么，我国传统诗文典籍中的"兰"是不是"国兰"？ 也不全是。"国兰"主要指源自中国、至今流行的兰科兰属植物，如春兰、蕙兰、墨兰、建兰、寒兰等。唐宋之后，诗文中的"兰"为今日所指的"国兰"，即"今兰"。唐宋以前，诗文中的"兰"多为"古兰"。"古兰"乃菊科植物，茎叶可作香料，不用于观赏。唐宋时期，"古兰"与"今兰"界限不明。

上古时期，人们视"兰"为辟邪灵物。《诗经·国风·溱洧》："溱与洧，方涣涣兮。士与女，方秉蕑兮。女曰'观乎？'士曰'既且。''且往观乎！'洧之外，洵吁且乐。维士与女，伊其相谑，赠之以勺药。"蕑是兰草的一种。唐代徐坚《初学记》转引《韩诗章句》："郑国之俗，三月上巳，于溱、洧两水之上，招魂续魄，秉兰拂除不祥。"

兰草不仅在民间广受欢迎，也被王族誉为"国香"。《左传》记载了"燕姞梦兰"的典故："郑文公有贱妾曰燕姞，梦天使与己兰，曰：'余为伯鯈。余，而祖也，以是为而子。以兰有国香，人服媚之如是。'既而文公见之，与之兰而御之。辞曰：'妾不才，幸而有子，将不信，敢征兰乎。'公曰：'诺。'生穆公，名之曰兰。"贱妾燕姞的祖先伯鯈梦中赠与兰草，自称是她的祖先。告诉她，因为兰草有国香，佩带它，就如它一般受人喜爱。不久，郑文公送燕姞兰草而让她侍寝。燕姞生了郑穆公，取名兰。郑穆公与兰缘分深厚，生死皆与兰有关："穆公有疾，曰：'兰死，吾其死乎，吾所以生也。'刈兰而卒。"

兰自有国香。孔子的称颂，让兰草确立了"王者香草"

之地位。相传，孔子生不逢时，曾作琴曲《猗兰操》："习习谷风，以阴以雨。之子于归，远送于野。何彼苍天，不得其所。逍遥九州，无有定处。世人暗蔽，不知贤者。年纪逝迈，一身将老。"蔡邕《琴操》："《猗兰操》者，孔子所作也。孔子历聘诸侯，诸侯莫能任。自卫反鲁，过隐谷之中，见芗兰独茂，喟然叹曰：'夫兰当为王者香，今乃独茂，与众草为伍，譬犹贤者不逢时，与鄙夫为伦也。'"孔子见兰草混迹于众草，触景生情，不禁叹息：兰草本应为国君提供香气，却与杂草为伍，实乃生不逢时。"兰当为王者香"之句，频频被后世文人引用。也许因其"王者香"之名，吸引了几多帝王吟咏。唐太宗《芳兰》："春晖开紫苑，淑景媚兰汤。映庭含浅色，凝露泫浮光。日丽参差影，风传轻重香。会须君子折，佩里作芬芳。"吴芾之题墨兰诗："鼠姑称花王，人多爱其色。兰亦王者香，不以色相悦。空谷草为俦，岂求美人折。牧童束担归，付与牛羊吃。幸遇彼倦人，插佩当首饰。怜花且自怜，谁为青眼客。"梁武帝《紫兰始萌》："种兰玉台下，气暖兰始萌，芬芳与时发，婉转迎节生，独使金翠娇，偏动红绮情，二游何足怀，一顾非倾城，羞将苓芝侣，岂畏鹍鸠鸣。"梁宣帝《咏兰》："折茎聊可佩，入室自成芳。开花不竞节，含秀委微霜。"梁元帝《赋得兰泽多芳草》："春兰本无艳，春泽最葳蕤，燕姬得梦罢，尚书奏事归，临池影入浪，从风香拂衣，当门已芬馥，入室更芳菲，兰生不择径，十步岂难稀。"其中"当门已芬馥，入室更芳菲"之句将兰草的香气形容得淋漓尽致。

如同兰草一般身处逆境、怀才不遇，该如何自处呢？孔子的另一段话给出了答案："芝兰生于深林，不以无人而不芳；君子修道立德，不为穷困而改节。"兰草生长于人迹罕至、远离尘世的深林，不容易为人发现和欣赏。即使身处无人之境，也散发着幽香。君子当如同兰花一样，不因穷苦而改变志向和信念。"不以无人而不芳"体现了君子的美德和境界，得到后世文人的称颂。温庭筠《兰》直言宠辱不惊之意："寓赏本殊致，意幽非我情。吾常有疏浅，外物无重轻。各言艺幽深，彼美香素茎。岂为赏者设，自保孤根生。易地无赤株，丽土亦同荣。赏际林壑近，泛余烟露清。余怀既郁陶，尔类徒纵横。妍媸苟不信，宠辱何为惊。真隐谅无迹，激时犹简名。幽丛霭绿睕，岂必怀归耕。"朱熹《兰涧》："光风浮碧涧，兰枯日猗猗。竟岁无人采，含熏只自知。"康熙《咏幽兰》："婀娜花姿碧叶长，风来谁隐谷中香。不因纫取堪为佩，纵使无人亦自芳。"韩愈仿作《猗兰操》，表明了君子的心志和操守："兰之猗猗，扬扬其香。不采而佩，于兰何伤。今天之旋，其曷为然。我行四方，以日为年。雪霜贸贸，荠麦之茂。子如不伤，我不尔觏。荠麦之茂，荠麦之有。君子之伤，君子之守。"

兰草的香气感染人，君子的德行影响人。王肃《孔子家语》记载："子曰：'与善人居，如入芝兰之室，久而不闻其香，即与之化矣；与不善人居，如入鲍鱼之肆，久而不闻其臭，亦与之化矣。'"环境对人的影响深远，却又难以察觉。孔子以"芝兰之室""鲍鱼之肆"作比，强调了朋友和环境对人潜移默化的作用。

孔子以兰喻君子之德。屈原将兰融入诗赋，赋予兰多重文化内涵。楚地遍布山林川泽，花草众多。王夫之《楚辞通释》："楚，泽国也。其南，沅、湘之交，抑山国也。迭波旷宇，以荡遥情，而迫以釜嵚戍削之幽菀，故推宕无涯，而天采蠹发，江山光怪之气，莫能掩抑。"兰性喜潮湿，尤其适宜生长。陈藏器《本草拾遗》："兰草生泽畔，妇人和油泽头，故云兰泽。"盛弘之《荆州记》："都梁有山，下有水清浅，其中生兰草，因名都梁香也。"可见楚境多兰。屈原爱兰若痴，《离骚》："余既滋兰之九畹兮，又树蕙之百亩。"

屈原种兰、赏兰、佩兰，处处取兰入诗。诗人以兰比兴，寄托了家国之思，衬托了高洁品行，渲染了楚文化神秘浪漫的色彩。《大司命》以秋兰开篇："秋兰兮麋芜，罗生兮堂下。绿叶兮素华，芳菲菲兮袭予。夫人兮自有美子，荪何以兮愁苦。秋兰兮青青，绿叶兮紫茎。满堂兮美人，忽独与余兮目成。"《离骚》："扈江离与辟芷兮，纫秋兰以为佩。""步余马于兰皋兮，驰椒丘且焉止息。""时暧暧其将罢兮，结幽兰而延伫。""户服艾以盈要兮，谓幽兰其不可佩。""兰芷变而不芳兮，荃蕙化而为茅。"《东皇太一》："蕙肴蒸兮兰藉，奠桂酒兮椒浆。"《云中君》："浴兰汤兮沐芳，华采衣兮若英。"《湘夫人》："沅有茝兮醴有兰，思公子兮未敢言。""桂栋兮兰橑，辛夷楣兮药房。""白玉兮为镇，疏石兰兮为芳。"《山鬼》："被石兰兮带杜衡，折芳馨兮遗所思。"

两汉文化深受《楚辞》影响。不少辞赋追思屈原，以兰塑造君子形象，表达忠君爱国之意。刘向《九叹》："伊伯庸之末胄兮，谅皇直之屈原。""怀兰蕙与衡芷兮，行中野

清，沈振麟，十二月花神，册，兰花牡丹

而散之。""游兰皋与蕙林兮，睨玉石之嵾嵯。""怀兰茝之芬芳兮，妒被离而折之。"王褒《九怀》："极运兮不中，来将屈兮困穷。""余悲兮兰生，委积兮从横。""将息兮兰皋，失志兮悠悠。""皇门开兮照下土，株秽除兮兰芷睹。"汉大赋列举兰及其他植物，渲染帝国之繁荣。司马相如《上林赋》："布结缕，攒戾莎，揭车衡兰，槀本射干，茈姜蘘荷，葴持若荪，鲜支黄砾，蒋芧青薠，布濩闳泽，延曼太原。"扬雄《甘泉赋》："排玉户而扬金铺兮，发兰蕙与穹穷。"张衡《西京赋》："后宫则昭阳飞翔，增成合欢，兰林披香，凤凰鸳鸾。"《东京赋》："芙蓉覆水，秋兰被涯，渚戏跃鱼，渊游龟蠵，永安离宫，修竹冬青。"除却渲染铺陈之作，也有清雅佳篇。张衡《怨篇》："猗猗秋兰，植彼中阿。有馥其芳，有黄其葩。虽曰幽深，厥美弥嘉。之子云远，我劳如何。"刘勰《文心雕龙·明诗》评价："张衡《怨篇》，清典可味。"汉武帝《秋风辞》："兰有秀兮菊有芳，怀佳人兮不能忘。"它被沈德潜《古诗源》评价为《离骚》遗响。

魏晋南北朝时期，作为品行高洁的象征，兰多次出现在曹植和阮籍的诗文中。曹植《闺情诗》期盼兄弟永睦："佳人在远道，妾身单且茕。欢会难再逢，芝兰不重荣。"阮籍《咏怀》蕴含苦闷："湛湛长江水，上有枫树林。皋兰被径路，青骊逝骎骎。远望令人悲，春气感我心。"陶渊明《饮酒》抒发归隐之意："幽兰生前庭，含薰待清风。清风脱然至，见别萧艾中。行行失故路，任道或能通。觉悟当念还，鸟尽废良弓。"王羲之在会稽山阴兰亭，写下了千古名篇《兰亭集序》。据说，早在春秋时期，越王勾践曾于此地种兰，故名兰渚，亭也因此得名兰亭。《续会稽志》："兰渚山，勾践种兰之地，王、谢诸人修禊兰渚亭。"

唐代咏兰的诗文不多，大多自喻孤高峻洁。李白《古风》："孤兰生幽园，众草共芜没。虽照阳春晖，复悲高秋月。飞霜早浙沥，绿艳恐休歇。若无清风吹，香气为谁发？"陈子昂《感遇》："兰若生春夏，芊蔚何青青。幽独空林色，朱蕤冒紫茎。迟迟白日晚，袅袅秋风生。岁华尽摇落，芳意竟何成？"张九龄《感遇》："兰叶春葳蕤，桂华秋皎洁。欣欣此生意，自尔为佳节。谁知林栖者，闻风坐相悦。草木有本心，何求美人折？"简洁凝练，道出了朴素的哲理：兰桂遇时则发，乃出于植物的本性。君子洁身自好，也并非为了赢得他人赞赏，而是出于本心。唐末唐彦谦《兰》写明了兰之形态："清风摇翠环，凉露滴苍玉。美人胡不纫，幽香蔼空谷。"兰花的叶片翠绿，线条呈流畅的圆弧状。此诗所咏之兰，当为今兰。

宋人意识到古今兰混淆的状况，进行了考证。郑樵《通志·昆虫草木略》："近世一种草，如茅叶而嫩，其根谓之土续断，其花馥郁，故得兰名，误为人所赋咏。"范正敏《遁斋闲览·兰草辨》："山中又有一种如大叶麦门，冬春开花极香，今呼为幽兰，非真兰也。"朱熹《楚辞辨证》提供了辨别古今兰的依据："大抵古之所谓香草，必其花叶皆香，而燥湿不变，故可刈而为佩。若今之所谓兰蕙，则其花虽香，而叶乃无气，其香虽美，而质弱易萎，皆非可刈而为佩者也。其非古人所指甚明。"黄庭坚《书幽芳亭》区分了兰与蕙："盖兰似君子，蕙似士，大概山林中十蕙而一兰也。""兰蕙丛生，初不殊也，至其发花，一干一花而香有余者兰，一干五七花而香不足者蕙，蕙虽不若兰，起视椒樧则远矣。"《红楼梦》中，因大观园斗草道出兰与蕙的区别："豆官便说：'我有姐妹花。'众人没了，香菱便说：'我有夫妻蕙。'豆官说：'从没听见有个夫妻蕙。'香菱道：'一箭一花为兰，一箭数花为蕙。凡蕙有两枝，上下结花者为兄弟蕙，有并头结花者为夫妻蕙。'"

后世咏兰诗词因袭传统，赞誉兰有君子之德，不以无人不芳。诗词大多浅白直接。薛冈《兰花》："我爱幽兰异众芳，不将颜色媚春阳。西风寒露深林下，任是无人也自香。"张羽《兰室咏》："能白更兼黄，无人亦自芳。寸心原不大，容得许多香。"李日华《兰花》其一饶有趣味："懊恨幽兰强主张，花开不与我商量。鼻端触着成消受，着意寻香又不香。"文彭《题兰竹卷》生动形象："偶培兰蕙两三栽，日煗风微次第开。坐久不知香在堂，开窗时有蝶飞来。"

虽有古兰今兰之别，兰所代表的精神一脉相承。兰之高洁，不独蕴藏于文字里，也表现在绘画中。赵孟坚与郑思肖是画兰宗师。赵孟坚绘兰极为传神，兰叶潇洒飘逸，婀娜多姿。郑思肖画兰无根，抒发南宋亡国之恨："疏花简叶，根不著土。人问之，曰：'土为蕃人夺去，忍著耶？'"

历代文人心中，兰花的地位极为尊崇。张翊《花经》视兰花为一品九命，与牡丹、梅花并列。程羽文《花月令》中，兰花居众芳之首。这份尊崇成为了炒作的理由。我曾经在春天参观兰展。因为去晚了一些，兰花多已凋败，只听得几名兰花主人讨论生意经。稀有的兰花价值数万元乃至数十万元。

选择尚未开放的兰花需要眼力，如同购买玉石原石。炒作涨价的兰，甚至包括君子兰。君子兰虽为国外引进的洋兰，凭借"君子"之名，也成为了附庸风雅的对象。这恐怕并非兰花之本心。

办公室后面有一栋楼装修，玻璃上灰尘堆积。因为不久要搬家，清洁工不再来打扫，周遭嘈杂而凌乱。同事阿姨从家中带来一盆兰草，摆在窗台上。兰草长得很单薄，顶端的几片叶子略微枯槁。阿姨拿剪刀修剪了许多，只留下些许几片长叶，仿佛清隽寥落的瘦金体。午后，兰草的影子斜照在玻璃上，逐渐变得宽阔，宛如爽健峻拔的楷书。待夕阳西下，余晖轻洒，兰草的影子又好似敦厚匀圆的小篆。兰叶如字，兰花如画，得文人钟爱，在情理之中。

余冠英选注：《汉魏六朝诗选》，人民文学出版社，1958 年。

汪瀚等著，王象晋原著：《广群芳谱》，上海书店，1985 年。

陈继儒等著，罗立刚校注：《小窗幽记（外二种）》，上海古籍出版社，2000 年。

李渔著，江巨荣等校注：《闲情偶寄》，上海古籍出版社，2000 年。

张岱著，夏咸淳等校注：《陶庵梦忆·西湖梦寻》，上海古籍出版社，2001 年。

钱钟书选注：《宋诗选注》，生活·读书·新知三联书店，2002 年。

丁稚鸿等译注：《宋词鉴赏辞典》，上海辞书出版社，2003 年。

李时珍著：《本草纲目》，人民卫生出版社，2004 年。

马君骅等译注：《唐诗鉴赏辞典》，上海辞书出版社，

2004 年。

中国科学院中国植物志编辑委员会编：《中国植物志》，科学出版社，2004 年。

程杰著：《梅文化论丛》，中华书局，2007 年。

上海辞书出版社文学鉴赏辞典编纂中心编：《诗经三百篇鉴赏辞典》，上海辞书出版社，2007 年。

上海辞书出版社文学鉴赏辞典编纂中心编：《楚辞名篇鉴赏辞典》，上海辞书出版社，2009 年。

刘义庆著，余碧莲等译注《世说新语》，中华书局，2011 年。

扬之水著：《诗经别裁》，中华书局，2012 年。

林洪著，章原编著：《山家清供》，中华书局，2013 年。

梁锦奎著：《花影》，生活·读书·新知三联书店，2014 年。

陈淏著，陈剑点校：《花镜》，浙江人民美术出版社，2015 年。

潘富俊著：《草木缘情——中国古典文学中的植物世界》，商务印书馆，2015 年。

袁枚著，王刚编著：《随园食单》，江苏凤凰文艺出版社，2015 年。

王辰著：《桃之夭夭》，商务印书馆，2015 年。

文震亨著，李霞等编著：《长物志》，江苏凤凰文艺出版社，2015 年。

蓝紫青灰著：《花月令》，山东文艺出版社，2016 年。

袁宏道等著，左丽校注：《瓶史·瓶花谱》，北方联合出版传媒（集团）股份有限公司，万卷出版公司，2016 年。

袁枚著，孙红颖解译：《随园诗话》，中国纺织出版社，2016年。

张岱著，张雪健点校：《夜航船》，陕西新华出版传媒集团，三秦出版社，2016年。

周文翰著：《花与树的人文之旅》，商务印书馆，2016年。

段成式著，张仲裁译注：《酉阳杂俎》，中华书局，2017年。

周瘦鹃著，王嫁句编：《人间花木》，九州出版社，2017年。

程杰：《"杏花春雨江南"的审美意蕴与历史渊源》，《南京师范大学文学院学报》，2005（3）。

姜楠南：《中国海棠花文化研究》，硕士学位论文，南京林业大学，2008年。

程大峰：《梅文化资源及其开发利用研究》，硕士学位论文，南京农业大学，2009年。

魏巍：《中国牡丹文化的综合研究》，硕士学位论文，河南大学，2009年。

李敏、吴登云：《中国古典诗歌中桃花意象的嬗变》，《曲靖师范学院学报》，2010（29）。

俞香顺、周茜：《中国栀子审美文化探析》，《北京林业大学学报（社会科学版）》，2010（9）。

张晋、陈瑞丹：《中国历代咏梅诗分类初步研究》，《北京林业大学学报》，2010（32）。

王燕：《清香远溢　空谷独幽——中国文学中的兰意象之演变及诗意流播研究》，硕士学位论文，暨南大学，2011年。

郭慧珍：《中国古代文学石榴题材与意象研究》，硕士学位论文，南京师范大学，2012年。

汤灿：《嫣然一笑竹篱间，桃李满山总粗俗——生态审美视野下中国古典诗歌中的海棠》，《中南林业科技大学学报（社会科学版）》，2012（6）。

李倩：《中国古代文学芦苇意象和题材研究》，硕士学位论文，南京师范大学，2013年。

林玉华：《中国水仙花文化研究》，硕士学位论文，福建农林大学，2013年。

李开林：《宋诗"寄梅"的文化意蕴及现实思考》，《中北大学学报（社会科学版）》，2016（32）。

从野蛮到文明，从落后到先进，凭借对美的执着和不懈追求，人类走过数百万年的风雨历程。从审美角度讲，人类不仅为美而生，更依靠自身的文明与智慧，寻找、再造美的存在。

正因为把认识美、创造美作为生命的意义，大自然争妍吐秀的各类花卉才与我们密不可分，赏花、嗜花、读花、问花才成为我们生活的重要内容。古今中外，不管是什么样式的文化类型，也不管是诗人、学者、村姬、儿童，谈花、论花都是一个永远说不完的话题。

每一朵花都会吐露芳华，但开放的意义不同；每一朵花都要经历风雨严霜，但面对的姿态各异；每一朵花都有灿烂与凋零，但绽放的长度有别。花开四季，日月流光；花开花落，岁月蹉跎。千姿百态的花卉与我们的生活何其相似。花开，有期；花落，亦有期。人生的道路不可能永远布满鲜花和掌声。花开时，我们用心珍惜；花落时，我们坦然接受。

如果你真的懂得美，那么美将无处不在；如果你真的喜欢花，那么五颜六色的花也将四处陪伴着你。

当把花作为生命一分子的时候，我们是否真的懂得如何赏花、品花？现代人，特别是生活在大都市中的年轻人，已完全被一种人造的镜像之花所困扰，他们已与真实之花越行越远。

赵巍工作之余，孜孜不辍，著成这本《香在有无间》，成为自然界真实之花的诠释者、体验者与守护者。

《香在有无间》不同于一般的美文，除了表达对生活之美的热恋，还把历史上有关花的种植生长、人文趣事、醇词丽句整理给我们看。单纯的美文写法，显然容纳不下这么厚重的内涵。于是，在文章构思上，赵巍借鉴了文化札记的写法，很好地展现了"融合诗文典故、民俗习惯，循时令科普花卉知识、赏析花卉诗词、探究花卉文化"的写作主题。艺术性和知识性，构成赵巍新作的突出特征，这也使本书具备了学术的气质，而她也因这本新著成为花卉文化方面的专家。

我们对待世界的态度，决定了我们生活的质量。投以木桃，报以琼瑶。努力发现世界的美，才会拥有美的生活。赵巍无疑是既美且善又真的人。她用花一样的心态探赜四围的世界，同时收获着花一样的幸福。

我之前也是一个文学爱好者。近数十年，整日被捆缚在繁杂的事务中，现实的涡旋已使我与写作久违了。当我看到这本书时既觉陌生，又感熟悉。我知道作者喜爱美文创作，却没想到这次在她的新作中融入了学人治学的成分。这是我意料之外的事，我为她取得的成绩而高兴。

赵巍是我的晚辈，看到她拈动如花之笔挥洒自如，我感到欣慰。我希望她坚定地走下去，开启更长、更壮阔的文学之旅。

李中元

2018 年 7 月

（山西省智库发展协会会长）

图书在版编目（CIP）数据

香在有无间：二十四番花信风 / 晚来秋编著. —— 北京：商务印书馆，2020
（中式生活美学艺丛）
ISBN 978-7-100-18297-3

Ⅰ.①香… Ⅱ.①晚… Ⅲ.①散文集－中国－当代 Ⅳ.①I267

中国版本图书馆CIP数据核字（2020）第059343号

香在有无间 —— 二十四番花信风

晚来秋　编著

出版发行　　商务印书馆
地　　　址　北京王府井大街36号
邮政编码　　100710
印　　　刷　北京博海升彩色印刷有限公司
开　　　本　880×1230　1/32
印　　　张　7
版　　　次　2020 年 6 月第 1 版
印　　　次　2020 年 6 月北京第 1 次印刷
书　　　号　ISBN 978-7-100-18297-3
定　　　价　62.00元
